dtv premium

Philippe Besson

Brüchige Tage

Roman

Aus dem Französischen
von Caroline Vollmann

Deutscher Taschenbuch Verlag

Von Philippe Besson
sind im Deutschen Taschenbuch Verlag erschienen:
Eine italienische Liebe (24423)
Sein Bruder (24455)

Deutsche Erstausgabe
Juni 2006
edition manholt im dtv
Deutscher Taschenbuch Verlag GmbH & Co. KG,
München
www.dtv.de

Titel der französischen Originalausgabe:
›Les jours fragiles‹

Umschlagkonzept: Balk & Brumshagen
Umschlaggestaltung: Stephanie Weischer
unter Verwendung des Gemäldes
›Thadée-Caroline Jacquet‹ (1892) von Edmond Aman-Jean
Satz: Greiner & Reichel, Köln
Gesetzt aus der Stempel Garamond 10,5/13,5
Druck und Bindung: Kösel, Krugzell
Gedruckt auf säurefreiem, chlorfrei gebleichtem Papier
Printed in Germany
ISBN-13: 978-3-423-24530-2
ISBN-10: 3-423-24530-1

Für Florian Sallaberry

Ich komme wieder, mit Gliedern aus Eisen, dunkler Haut, zornigem Blick: meiner Maske nach wird man mich für jemanden von starker Rasse halten. Ich werde Gold haben: ich werde faul sein und brutal. Die Frauen nehmen sich solcher kranken Wilden an, zurückgekehrt aus heißen Ländern.
Ich werde [...] gerettet sein.

Arthur Rimbaud
Une Saison en enfer/Eine Zeit in der Hölle
August 1873

Freitag, 22. Mai
Die Männer in unserer Familie bleiben nicht.

Wirklich, wenn man es bedenkt: Sie haben nie etwas anderes getan, als sich davonzustehlen, die Flucht zu ergreifen, sich von uns zu befreien, von uns, den Frauen, die dazu verdammt sind, am Ort zu bleiben, dem Boden verhaftet. Ich habe mich ständig gefragt, woher die Männer diese Sehnsucht nach anderen Himmeln haben, wo der Himmel doch überall der gleiche ist.

Mein Vater war der erste; zufällig führten ihn seine Versetzungen nacheinander in Garnisonsstädte, die weit entfernt von der ehelichen Wohnung lagen. Mich hat er übrigens, wie man mir nach meiner Geburt erzählt hat, bei Gelegenheit einer seiner Etappen in Séléstat gezeugt, während er in der Nähe von Lauterbourg stationiert war. Ist er jemals hier vorbeigekommen, um zu sehen, wem ich gleiche? Mutter versichert es, aber es fällt mir schwer, ihr zu glauben, auch wenn ich mich scheue, ihre Aussage in Zweifel zu ziehen. Wenn er den Weg auf sich genommen hat, um mich kennenzulernen, hat er jedenfalls nicht lange gebraucht, um auf Nimmerwiedersehen zu verschwinden, um neuen Sonnen entgegenzugehen und uns unserem Schicksal, unserem Boden zu überlassen. Ich weiß nichts, oder fast nichts von ihm, nur, daß er Hauptmann und bald in Algerien, bald auf der Krim stationiert war, daß er zum Ritter der Ehrenlegion ernannt wurde, und daß Arthur und ich ihm unsere blauen Augen verdanken. Ja, das ist eindeutig: Die Augen sind die des Vaters.

Auch Arthur war ruhelos. Ich könnte heute nicht mehr mit Sicherheit alle Orte aufzählen, durch die er gezogen ist, die Hügel, die er überquerte, die Länder, die er erkundete, die Horizonte, die er zu erreichen versuchte. Woran ich mich dagegen genau erinnere, ist, daß ich eine ganz junge Frau war, als er ging. Ich war noch keine zwanzig. Er war damals fünfundzwanzig und sah wie siebzehn aus. Er war von knabenhafter Magerkeit, der Kopf verschwand zwischen den Schultern. Er ist aufgebrochen, ohne einen Blick für uns andere. Er ließ uns in unseren Ardennen zurück, die immerhin auch die seinen waren, in diesem herben, finsteren, frostigen Land. Es ist nun schon mehr als zehn Jahre her, daß Afrika ihn uns genommen hat.

Frédéric schließlich lebt nicht weit entfernt von uns, aber doch so weit, daß wir ihn nicht mehr besuchen. Mutter hat ihn vor nun bald sechs Jahren verstoßen, und das nur wegen einer schlechten Heirat.

In diesen Tagen, wo einer unserer Männer unverhofft zurückkehrt, darf man sich wieder nicht von der Stelle rühren und muß hier warten. Arthur ist nach seinem endlosen Exil tatsächlich in Marseille gelandet, wo er operiert werden soll. Ich hätte ihn gerne dort begrüßt, aber unsere Mutter hat es anders beschlossen: Sie, und sie allein, wird morgen früh bei Sonnenaufgang den Zug besteigen. Gerade kommt sie vom Postamt in Attigny zurück, wo sie ihrem

Sohn die Zeit ihrer Ankunft telegraphiert hat. Sie befiehlt mir, in Roche zu bleiben und mich während ihrer Abwesenheit um den Hof zu kümmern. Ich widerspreche nicht. Sie weiß, was zu tun ist, was richtig ist. Sie hat es immer gewußt.

Samstag, 23. Mai
Ich mache mir keine Illusionen: Wenn mein Bruder heute nach Frankreich zurückkehrt, dann tut er dies vor allem, um sich behandeln zu lassen und weniger, um uns wiederzusehen. Aber seine Gründe sind unwichtig: Was zählt, ist, daß er näher bei uns ist, als er es in den letzten zehn Jahren jemals war. Was zählt, ist, daß er wieder da ist.

Gewiß, sein Zustand macht uns Sorgen. Seit mehreren Monaten schon klagt er über eine Infektion des Knies, die ihm entsetzliche Schmerzen verursacht, so daß er sich nur unter großen Schwierigkeiten fortbewegen kann. Er hat seinen Fall den Ärzten von Somalia unterbreitet, aber diesen ist es weder gelungen, seine Krankheit zu diagnostizieren noch seine Schmerzen zu lindern. Die Krankenhäuser dort unten trifft bestimmt keine Schuld, man kann von Buschärzten nicht erwarten, daß sie Wunder vollbringen und auf alle Geheimnisse des menschlichen Körpers eine Antwort wissen. Arthur hat jedenfalls den richtigen Entschluß gefaßt, sein Schicksal französischen Ärzten anzuvertrauen, die besser ausgebildet sind, und die die neuesten Entwicklungen der Wissenschaft genauer kennen. Und man ist der Ansicht, daß das Hôpital de la Conception in Marseille eine kompetente Einrichtung ist. Dies zu wissen, dämpft meine Ängstlichkeit ein wenig.

Ach, es ist wie eine entsetzliche Pendelbewegung, es gelingt mir nicht, die gräßlichen Bilder des Todeskampfs von Vitalie, unserer heißgeliebten Schwester, aus meinem Kopf zu vertreiben. Wie sollte ich vergessen, daß sie durch eine Entzündung des Knies dahingerafft wurde, und daß die letzten Wochen ein Martyrium waren? Wie sollte ich nicht die Verbindung herstellen? Wie nicht an einen Fluch, an eine Verkettung des Unglücks glauben? Barmherziger Gott, was haben wir getan, um ein solches Los zu verdienen? Welchen Frevel haben wir begangen?

Aber ich will daran glauben, daß Arthur geheilt werden kann, und daß diese leidige Neuralgie bald nichts mehr als eine böse Erinnerung sein wird. Es ist an der Zeit, daß unsere Männer uns zurückgegeben werden.

Sonntag, 24. Mai
Ich wundere mich selbst, daß ich dieses Tagebuch führe, daß ich das Bedürfnis dazu verspüre, aber schließlich führte Vitalie auch eines, und niemand wunderte sich darüber. Im Grunde hat man in unserer Familie Spaß am Schreiben. Nur unser Ältester, Frédéric, lehnt es ab. Und außerdem habe ich Schulen besucht. Ich kann Griechisch und Latein. Und ich kenne mich etwas aus im Abfassen von Sätzen. Warum sollte ich mir diese Übung versagen? Und überhaupt, was kann daran schlecht sein?

Mutter hätte zweifellos etwas dagegen einzuwenden (noch schlimmer: sie wäre bestürzt und wütend), denn ihrer Meinung nach sind es seine Worte, die Arthur ins Verderben gestürzt haben. Trotzdem war es nicht zuletzt sie, die sich über die Seltenheit und Kürze seiner Briefe aus

Afrika beklagte. Sie hätte ihn sich manchmal gesprächiger gewünscht, diesen Sohn in der Ferne, damals, als er sich entschloß, eine solide Existenz zu führen. Aber die Tatsache bleibt bestehen, daß sie eine Art natürliches Mißtrauen nährt gegenüber Selbstbespiegelungen und Bekenntnissen und gegenüber denjenigen, die sich ihnen überlassen, die darin versinken. Sie hat unser Leben mit einem Bleigewicht beschwert. Sie hat uns zum Schweigen gebracht, zu ihrem Schweigen.

Ich werde ihr dieses Tagebuch verheimlichen. Da sie mich nicht fragen wird, besteht keine Notwendigkeit, sie anzulügen. Sie hat mich immer für ein zurückhaltendes Mädchen gehalten, ein nach innen gewandtes, beherrschtes Mädchen. Auch Mütter können sich täuschen.

Und wenn es nur darum ginge, Gefühle nicht zu verlieren, Bruchstücke zu erhalten, Erinnerungen zu bewahren, Augenblicke zu fixieren!

Die einzelnen Tage aneinanderzureihen!

Montag, 25. Mai

Die Nachrichten aus Marseille sind nicht ermutigend. Ein Telegramm, das heute früh ankam, informiert mich, daß die Amputation des linken Beins unvermeidlich sei und rasch erfolgen müsse.

Diese Mitteilung versetzt mich augenblicklich in Angst und Schrecken. Ich spüre, wie es mir eiskalt über den Rücken läuft. Mein ganzer Körper wird von einem Zittern befallen. Mit der Befürchtung, zusehen zu müssen, wie Arthur zugrunde geht, kehren schlagartig die Ängste von früher zurück.

Nach Aussage der Ärzte hat sich ein Wundbrand ausgebreitet. Sein Fortschreiten muß aufgehalten werden. Ein gewisser Doktor Pluyette wird die Operation vornehmen. Mutter versichert, die Klinik verfüge über die allermodernste Ausstattung. Sie bittet mich, ich solle mir keine Sorgen machen. »Alles wird gutgehen.« Wie kann sie daran denken, das zu behaupten, wo man im Begriff ist, meinen armen Bruder für immer zum Krüppel zu machen? Wo man in sein Fleisch eindringen, ihm seine Unversehrtheit rauben wird? Ich ahne, daß Mutter mich zu beruhigen versucht, aber die Umstände erfordern Offenheit und Wahrheit.

Ich weiß nicht, wie das Wiedersehen zwischen Arthur und ihr abgelaufen ist. Kein Wort davon in ihrem Telegramm, nicht einmal eine Andeutung. Keine Wärme, keine Gefühlsäußerung. Tatsachen, nur Tatsachen, technische Details. Und zum Schluß die Frage: »Wie geht es auf dem Hof?« Wenn sie diesen Ton ihm gegenüber angeschlagen hat, bezweifle ich, daß die Begegnung von Zärtlichkeit und Rührung überschäumte. Arthur hat sich immer bitter beklagt über die polizeiliche Überwachung, die die *mother*, wie er sie nannte, ausübte, über ihre besitzergreifende Gegenwart und ihre Ablehnung jedes Überschwangs. Vielleicht haben die Jahre seine Bitterkeit gemildert. Vielleicht versteht er sie heute besser. Vielleicht ermißt er heute mehr, was auf ihr lastet, die ganze Verantwortung, und auch die Einsamkeit. Ich wäre glücklich, wenn die beiden sich nicht mehr haßten.

Dienstag, 26. Mai
Ich wäre lieber in Marseille als hier, lieber an seiner Seite als allein, ich würde lieber seine Hand drücken, als ins Leere starren. Ich wäre gerne in dem Augenblick bei ihm, wenn

ihn die Schwestern abholen, wenn der Rollwagen ihn abtransportiert. Ich bin sicher, ich fände die richtigen Gesten, Worte, Pausen, Blicke. Mutter wird nicht vermeiden können, ihren ernsten, unnahbaren, gefühllosen Ausdruck beizubehalten. Nicht, daß sie nichts empfände, aber sie hat sich immer verboten, sich gehen zu lassen. Ich wette, Arthur würde trotz seines Stolzes ein wenig Mitgefühl, trotz seiner Schroffheit ein wenig Zärtlichkeit, trotz seiner scheinbaren Gleichgültigkeit ein wenig Herzlichkeit nicht zurückweisen. Alles in allem sind seine Fehler dieselben, die er unserer Mutter vorwirft. Er täte gut daran, auch er, nachzugeben, seine Angst zu zeigen, wenn er welche hat, denn er braucht sich ihrer nicht zu schämen. Das würde ihm guttun, und es ist nicht entehrend, Erbarmen zu erflehen: Gott selbst gewährt es. Ja, ich wäre gerne bei ihm in dem Moment, in dem er zu dieser Reise aufbricht, von der er als ein ganz anderer zurückkehren wird. Ich werde mich mit den Ziegelsteinen und dem Schmutz von Roche zufriedengeben müssen, mit den düsteren Landschaften diesseits der Linie der Wälder, mit den drückenden Himmeln, den jahrhundertealten Kastanienbäumen, mit diesem Herbst mitten im Frühling, mit dieser entsetzlichen Einsamkeit.

Mittwoch, 27. Mai
Zum selben Zeitpunkt, wo ich mich an das Tagebuch mache, amputiert man Arthurs Bein; man nimmt ihm die Fähigkeit, als freier Mensch zu gehen. Man trifft ihn in dem, was sein Leben ausgemacht hat: sich zu bewegen.

Und fast mechanisch erinnere ich mich an das, was er mir von seinem Marsch nach Italien erzählt hat. Er war damals dreiundzwanzig Jahre alt, wenn ich mich recht erinnere. Die Überquerung des Gotthard war seinem Bericht zufolge sehr mühsam und kräftezehrend. Bei solchen Unternehmungen, bei so großen Anstrengungen haben Menschen manchmal ihr Leben verloren. Aber er wollte unbedingt diesen verdammten Berg bezwingen. Er hat sich geweigert aufzugeben, selbst als seine Beine unter seinen Schritten nachgaben, selbst als seine Knie ihren Dienst versagten, selbst als ihm schwindelig wurde. Er mußte es tun, weil er es sich vorgenommen hatte. Er kam bis zum Lago Maggiore. Er nächtigte notdürftig in Scheunen oder unter freiem Himmel, manchmal gepeinigt von gräßlichem Hunger. In Mailand wurde er von einer Frau aufgenommen, die gerade ihren Mann verloren hatte. Er ist nicht lange dort geblieben. Ihn zog es in den Süden, immer weiter in den Süden. Er suchte die Sonne. Genua, Rapallo, La Spezia, Livorno, Brindisi. Stunden und Tage in glühender Hitze, ein Schattenriß in einem blauen Himmel. Dörfer, im Sturmschritt durchquert, vorbei an Greisen mit zerfurchten Gesichtern auf Stühlen am Straßenrand, die zu grüßen er sich nicht einmal die Zeit nahm. Die Süße Italiens, die träge Landschaft Liguriens mit ihrem Gras- und Strohgeruch, wo er seinen erschöpften, schmerzenden Körper ausruhte. Und er ist immer weiter vorgedrungen, vorgedrungen wie ein Besessener, als handelte es sich um einen Wettlauf, aber gegen wen, wenn nicht schon damals gegen sich selbst? Trotzdem kommt immer ein Moment, wo der Körper streikt. In Siena hat er gestreikt. Körperlicher Zusammenbruch, verdrehte Augen, Bewußtlosigkeit, Hitzschlag. Die Genauigkeit, mit der ich mich an alles, was er mir vor vierzehn Jahren erzählte, erinnere, erschreckt mich selbst. Ich dachte, ich hätte alles vergessen, und alles ist auf einmal wieder da, wie im Augenblick des Todes, scheint es.

Die Sonne hat seinen Marsch aufgehalten.

Ich denke, daß es dieselbe bleierne Sonne war, die er zwölf Tage lang hat aushalten müssen, nachdem er Harar, ausgestreckt auf einer Bahre, die von sechzehn Männern getragen wurde, verlassen hat, nur geschützt durch ein weißes Leinenlaken, das der leichte Wind bisweilen anhob.

In Aden hat man ihn auf den Boden fallen lassen.

Danach das Meer, dreizehn Tage Meer, mit fürchterlichen Schmerzen, auf einem alten Kahn, der von den launischen Wellen hin- und hergeworfen wurde, dann das Hospital in Marseille.

Mit Seereisen ist jetzt Schluß.

Donnerstag, 28. Mai

Ich bete für seine Rettung. Ganz in Schwarz gekleidet suche ich die Kirche auf in der Hoffnung, daß der Himmel sich gnädig erweisen werde. Ich knie auf einer Bank nieder, um Unseren Herrn zu bitten, er möge sich meines Bruders annehmen. In der Stille schlage ich die Hände vors Gesicht und warte auf ein Zeichen. Ich sage meine Gebete auf, ich lasse den Rosenkranz durch meine Finger gleiten, ich drücke mein Gebetbuch an die Brust, ich flehe den Allerhöchsten an, der Fluch möge von Arthur genommen werden. Ich bitte um Vergebung für seine Sünden, ich biete mich an, all seine Schuld auf mich zu nehmen, ich erflehe Absolution für den Gottlosen, um den höchsten Richter milde zu stimmen. Was Arthur auch davon halten mag, ich bin kein williges Opfer der Priester, dieser dreckigen Hurensöhne, wie er sie nannte, ich bin eine junge Frau, die in der Liebe und der Furcht des Herrn aufgewachsen ist. Ich glaube, daß Sein Licht uns vor Schaden und Unglück beschützt oder uns hilft, damit fertig zu werden, wenn es unvermeidlich ist. Ich zweifle nicht daran, daß Er in seiner großen Güte den Hochmütigen nicht niederwerfen wird.

Habe ich seit meiner Jugend jemals etwas anderes getan, als insgeheim die Rettung für meinen ruhelosen, schrecklichen und wundervollen Bruder zu erhoffen?

Samstag, 30. Mai
Die Ärzte haben sich seines Beins entledigt, indem sie es an einen x-beliebigen Ort warfen. Sie können nicht einmal genau sagen, wohin. Unserer Mutter, die danach fragte, haben sie geantwortet, die Vorschrift verlange das. Die Vorschrift! Oh, diese entsetzlichen Sachverständigen! Oh, diese mitleidlosen, unbarmherzigen Menschen! Ich habe das Gefühl, ich werde bis ans Ende meiner Tage nicht verhindern können, daß ich an diesen x-beliebigen Ort denke.

Sonntag, 31. Mai
Man wird ein künstliches Bein für ihn anfertigen. Er wird sich nicht mit Krücken fortbewegen müssen. Er braucht nicht zu befürchten, jeden Moment zu fallen. Er wird in der Lage sein zu stehen. Es ist ausgemacht, daß er kein Krüppel, kein Verstümmelter, kein Invalide, kein Behinderter sein wird. Ja, er wird stehen können, wie er es immer getan hat. Er ist von unserem Blut. Er wird nicht aufgeben.

Montag, 1. Juni
Heute morgen finde ich zufällig die Skizze, die ich mit lila Tinte auf die Seite eines Ausgabenbuchs gezeichnet habe. Der große, magere junge Mann, der darauf zu sehen ist, ist ganz unverkennbar er. Es war im Sommer 1879, ein Jahr, nachdem die Familie sich hier in Roche niedergelassen hat, auf diesem Besitz, den zu übernehmen meine Mutter sich entschlossen hatte. Es war wirklich selten, daß Arthur sich im Sommer bei uns aufhielt. Für gewöhnlich kehrte er nur zu uns zurück, wenn es Winter war.

Ja, wenn Arthur zurückkommt, ist es Winter.

Im Grunde gliederten sich meine jungen Jahre durch seine Fluchten und sein Wiederkommen. Und eines Tages kam er nicht mehr zurück. Er muß gedacht haben, einen weiteren Winter in den Ardennen könne er nicht aushalten.

In jenem Sommer hatte er bei der Ernte mitgeholfen, er, der die landwirtschaftliche Fronarbeit verachtete. Ich erinnere mich an seine blonden Haare, an seinen klaren Blick, an seine gute Laune, an sein Lachen. Das alles scheint mir so fern. Ich muß eine ungeheure Gedächtnisanstrengung vollbringen. Ich versuche, leider vergeblich, eine andere Zeichnung zu finden, die ich zwei Jahre früher mit einem Bleistift anfertigte. Ich glaube, Arthur ist darauf im Profil zu sehen, er trägt Weste und Krawatte und lächelt fast. Das Porträt ist etwas geschönt, ich gebe es zu. Wir müssen unsere Erinnerungen zurechtrücken. Ohne das ist das Leben nicht erträglich.

Mittwoch, 3. Juni
Die Arbeiten auf dem Hof strengen mich an. Es gelingt mir nicht, sie allein zu bewältigen. Es ist zu viel für mich. Ich empfinde eine große Müdigkeit. Mir fehlt die Kraft. Meine Arme bereiten mir entsetzliche Schmerzen. Wenn der Tag zu Ende geht, habe ich kein Gefühl mehr in den Beinen. Mein Atem geht schwer, und die Haare kleben mir im Gesicht. Die Feuchtigkeit der letzten Tage macht es auch nicht besser. Ich habe das Gefühl, die Kälte dringt mir bis in die Knochen. Diese Gegend gönnt einem keine Ruhe. Dieser Boden verlangt Anstrengung. Heute abend gehe ich mit Fieber ins Bett. Und die Vorstellung von Arthur auf seinem Marterbett verfolgt mich. Mutter hat seit vier Tagen nichts von sich hören lassen. Dieses Schweigen macht mich fast verrückt, die Einsamkeit bringt mich zum Wahnsinn. Man sollte nicht allein sein mit all diesen Sorgen; sollte nicht allein ein solches Bündel tragen müssen.

Freitag, 5. Juni
Ich schicke unserer Mutter ein Telegramm. Ich will ihr meinen Zustand nicht verschweigen, und auch nicht, daß ich mit der Aufgabe, die sie mir übertragen hat, in Verzug gerate. Mutter mag nicht, daß man ihr die Wahrheit verheimlicht, und ich weiß, daß ihr die Situation auf dem Hof Sorge macht. Ich bitte sie inständig, bei ihrem Sohn zu bleiben, denn er braucht sie natürlich am meisten. Sie muß bei ihm wachen, seine Schmerzen lindern, ihm helfen, wieder auf die Beine zu kommen, ihm in der Zeit der Rekonvaleszenz

beistehen. Nur er zählt. Er vor allem anderen. Nichts ist wichtiger als das Leben eines Kindes, nicht wahr? Sie hat die körperliche Erfahrung gemacht, was es bedeutet, ein Kind zu verlieren. Ich bin überzeugt, sie wird alles tun, um einen solchen Alptraum nicht noch einmal zu erleben.

Samstag, 6. Juni

Das Fieber steigt. Heute morgen ist es mir nicht gelungen aufzustehen. Ich liege wie festgenagelt im Bett. Schuldgefühle quälen mich. Was wird Mutter denken, wenn sie feststellt, daß nichts erledigt ist, daß es mir nicht gelungen ist, alleine zurechtzukommen? Sie wird mir keinen Vorwurf machen, ich kenne sie. Sie wird sich darauf beschränken, wortlos für zwei zu arbeiten. Sie wird vor Sonnenaufgang aufbrechen und nach Einbruch der Dunkelheit zurückkehren. Sie wird die Ärmel hochkrempeln. Sie ist keine schwache Natur. Dieses Fieber kommt wirklich zur Unzeit. Unsere Mutter hat offensichtlich kein Glück mit ihrer Nachkommenschaft.

Sonntag, 7. Juni

Ich habe Sidonie Albinier nie anders gesehen als schwarzgekleidet. Sie trägt ihre Witwenschaft seit ihrem einundzwanzigsten Lebensjahr, seit ihr Mann gestorben ist, innerhalb von vier Wochen dahingerafft durch eine Angina pectoris. Sie geht nun schon mehr als ein halbes Jahrhundert jeden Sonntag auf den Friedhof von Roche, um die Blumen, die sie ihm aufs Grab stellt, auszutauschen.

Sidonie hat nicht wieder geheiratet. Sie ist der Ansicht, daß man nur die Frau eines Mannes sein kann, und daß der liebe Gott bestimmt einen Grund dafür gehabt hat, ihr nicht die Zeit zu lassen, das Leben bis ans Ende ihrer Tage mit dem ihren zu verbringen. Sidonie stellt die Gründe des lieben Gottes nicht in Frage. Sie tauscht jede Woche die Blumen aus. Schweigend.

Niemand kümmert sich um sie. Man hält sie zwar nicht für einen Sonderling, aber man pflegt keinen Umgang mit ihr. Man achtet ihren Schmerz, von dem man annimmt, er sei ungebrochen, über den sie jedoch nie gesprochen hat. Man grüßt sie mit einem kurzen Kopfnicken, wenn sie ins Dorf kommt. Es wird bestimmt mehrere Tage dauern, bis man bemerken wird, daß sie uns verlassen hat, wenn es dem Allmächtigen einmal gefällt, sie zu sich zu rufen. Man wird sich mit dem Gedanken beruhigen, Sidonie sei nach einer so langen Trennung endlich zu ihrem Liebsten gegangen.

Inzwischen wartet Sidonie, die weiß, daß ich krank und allein auf dem Hof bin, an meiner Türschwelle, um mir Tomaten aus ihrem Garten zu bringen. Ihr Gesicht ist von Falten zerfurcht, aber ihre grauen Augen haben nichts von dem Glanz ihrer Jugend verloren.

Ahnt sie, was mein Bruder durchmacht? Ist ihre Fürsorge ein Zeichen dafür, daß sie zu denen gehört, die wissen, was es bedeutet, eine Trauer bewältigen zu müssen? Rechnet sie damit, daß ich an einem nicht allzu fernen Abend in die Nachfolge ihrer Einsamkeit eintreten werde?

Montag, 8. Juni

Mutter teilt mir mit, daß sie zurückkommen wird. Sie versichert, sie sei um meine Gesundheit besorgt. Ich würde sie gerne daran erinnern, daß die von Arthur wesentlich besorgniserregender ist als meine, aber ich hüte mich natürlich, das zu tun. Zur Mutter sagt man nichts. Jede Widerrede ist unvorstellbar. Nur Arthur hat es gewagt, ihr die Stirn zu bieten. Und mit welcher Heftigkeit!

Im Grunde meines Herzens hege ich den Verdacht, daß sie nur wegen des Hofs zurückkommt, und weil sie befürchtet, daß alles schiefgehen und die Ernte mißraten könnte, auch wenn sie dies nie zugeben würde. Sie entschließt sich also, ihren Sohn in seinem Martyrium allein zu lassen, was mich natürlich bestürzt. Ich suche nach Entschuldigungen für sie, aber ich muß gestehen, daß ich in dieser Situation keine finde. Arthur hat einmal in einem Wutanfall behauptet, sie gehöre zu den verabscheuungswürdigen Wesen, die man daran hindern müsse, Schaden anzurichten. In Wirklichkeit hat er ihr nie verziehen, daß sie ihn ins Internat Rossat schickte, daß sie ihn dazu zwang, Jacken mit Goldknöpfen und Militärmützen zu tragen, daß sie ihn beschränkten Lehrern auslieferte, deren Aufgabe es war, ihm Disziplin mit Lineal und Strafarbeiten einzubläuen, daß sie seine Jugend systematisch zerstörte. Darüber hinaus hat er ihr nie verziehen, daß sie sich später über seine Dichtungen empörte und ihm das Bohemeleben, das er in Paris führte, heftig vorwarf. Ich habe damals versucht, den Zorn meines Bruders zu dämpfen, indem ich ihn auf seine Maßlosigkeit hinwies, und habe mich bemüht, ihn gnädiger zu stimmen. Ich habe ihn natürlich nicht beschwichtigt, aber ich habe wenigstens die entsetzliche Litanei seiner Anklagen unterbrochen. Heute erinnere ich mich an seine aufgebrachten Worte. Ich begreife das Ausmaß des Unverständnisses zwischen diesen beiden, der Mutter und ihrem Sohn. Man muß zugeben, daß jeder sein Teil dazu beigetragen hat.

Und ich selbst könnte nicht mit Sicherheit sagen, ob diese Auseinandersetzungen mir damals Angst und Schrecken einjagten oder ob sie mich in ihren Bann schlugen.

Mittwoch, 10. Juni
Arthurs Tränen haben sie erschüttert, sie gibt es zu. So sehr, daß sie ihre Abreise um einen Tag verschoben hat. Aber dann hat sie schließlich doch ihn und seine Verzweiflung hinter der Tür des Krankenhauszimmers zurückgelassen und den Zug genommen. Im Fuhrwerk, das uns von Attigny nach Hause bringt, kann ich unmöglich übersehen, daß ihr Gesicht noch blasser ist als gewöhnlich, und auch verschlossener. Auf meine knappen, ängstlichen Fragen reagiert sie kurz angebunden, verdrossen, gereizt. Sie versucht, ihre schlechte Laune auf die Müdigkeit durch die Reise zu schieben, aber ich ahne, daß die Trennung sie aufgewühlt hat und daß sie von den Bildern des an sein Schmerzenslager gefesselten Sohns verfolgt wird. Wenn es tatsächlich so ist, dann hat ihre Neigung zum Verschweigen sie möglicherweise dazu veranlaßt, ihm nicht einmal zu sagen, daß ich der Grund bin für ihre überstürzte Rückkehr nach Roche. In dem Fall wäre der Graben zwischen den beiden noch etwas tiefer geworden. Wird man sie je wieder miteinander versöhnen können, diese beiden Beschädigten? Als wir auf dem Hof ankommen, zieht sie sich in ihr Zimmer zurück und teilt mir mit, sie wolle nicht zu Abend essen. In dem Moment tut sie mir leid. Ich würde sie gerne trösten, diese ungeschickte, leidgeprüfte Mutter. Aber sie würde einen solchen Gefühlsausbruch von sich weisen. Wir sind eine zerrüttete, eine zerstörte Familie. Sind wir je etwas anderes gewesen?

Freitag, 12. Juni
Ich schreibe Arthur von meiner Schwäche. Ich erzähle ihm von meiner schlechten Gesundheit, von der körperlichen Entkräftung, von der Hinfälligkeit des ganzen Organis-

mus. Ich sollte ihn nicht damit beunruhigen, aber ich möchte ihm nichts verheimlichen. Und außerdem will ich nicht, daß er von meinem Anblick überrascht wird, wenn er zu uns zurückkehrt. Seiner armen Schwester geht es sehr schlecht, es ist sogar möglich, daß dies ihr letzter Sommer sein wird. Er und ich, wir sind verlorene Kinder. Unsere Verzweiflung zieht uns nieder. Unsere armseligen Rüstungen werden rissig. Unsere Herzen brechen, das ist die Wahrheit.

Sonntag, 14. Juni
Ein Schwarm Schwalben im Zickzackflug in der Morgenfrühe, dicht über unseren Feldern; die Bäume, die auf unserem klammen Land zittern; das Licht, das sich langsam rund um unsere Felder herum ausbreitet; die Blässe auf den knochigen Gesichtern der Frauen, die zur Frühmesse gehen; der Überdruß auf der ledernen Haut der hiesigen Bauern; der Frühling, der sich in winterlichem Reif erschöpft; all das, was mein Leben schon immer ausmacht, könnte mir an diesem Morgen Tränen in die Augen treiben.

Dienstag, 16. Juni
Ich beschließe, heute ein helles, leichtes Kleid zu tragen, als Antwort auf das eintönige Grau, auf die Sprachlosigkeit. Ich möchte an den Sommer und an die Sonne glauben. Ich hoffe auf die Rückkehr der schönen Tage. Ich zittere ein wenig unter dem dünnen Spitzenstoff, aber das spielt keine Rolle. Eine Haarlocke fällt auf meine linke Schulter, und ich denke nicht daran, sie wieder hochzustecken, als ich meinem Bild im Spiegel begegne. Ich überrasche mich sogar dabei, wie ich lächle, während ich den Stoff über meinen Hüften glattstreiche. Ausgerechnet in dem Augenblick

erscheint Mutter im Türrahmen. Sie sagt kein Wort, aber in ihrem Blick erkenne ich sofort unmißverständlich einen Vorwurf, eine Verdammung. Auf der Stelle nehme ich meine Locke hoch, um sie in meinem Knoten zu verbergen.

Donnerstag, 18. Juni
Aus Arthurs Brief, der vor knapp einer Stunde angekommen ist und der nur an mich adressiert war, wie um eine Mißbilligung, ein Ressentiment gegenüber unserer Mutter auszudrücken (was mir unter diesen Umständen nicht mißfällt), halte ich diese Sätze fest: *Ich habe immer einen heftigen, stechenden Schmerz an der Stelle, wo das Bein abgetrennt wurde, das heißt, an dem Teil, das noch da ist. Ich weiß nicht, wie das enden wird. Ich mache mich nun auf alles gefaßt.** Augenblicklich denke ich an die Kindheit, die gar nicht so unglücklich war, denke an die, die wir damals waren und an die, die wir inzwischen sind. Ich frage mich, was wir verbrochen haben, damit uns so viele Prüfungen geschickt werden. Ich frage mich, ob wir die Leiden verdienen, die uns auferlegt werden, das Schicksal, das uns vorbehalten ist? Ich weiß, daß wir uns in Gottes Willen fügen müssen, aber an diesem Morgen frage ich den Himmel ein wenig aufgebracht.

Freitag, 19. Juni
Mutter bringt es über sich, mir ein wenig von dem zu erzählen, was unser Kranker durchmacht. Sie berichtet vom Klang der Glocke im Morgengrauen, von den Visiten der

* Alle Passagen dieses Romans, die kursiv gesetzt sind, gehen auf Sätze zurück, die entweder Isabelle Rimbaud oder Arthur Rimbaud gesagt oder geschrieben haben.

Ärzte in den frühen Morgenstunden, vom Ballett der weißen und blauen Uniformen, von der Pflege durch die Krankenschwestern, vom Frühstück, das um sieben Uhr, und vom Abendessen, das um siebzehn Uhr serviert wird. Sie berichtet mir auch von den Schreien, den Klagen und dem Röcheln in den Krankensälen, von der tiefen Stille nach Einbruch der Dunkelheit, von den eingelieferten Notfällen und dem diskreten Verschwinden. Sie erzählt vom Kummer, den die Insassen und die Besucher teilen, ja, vom Kummer, der diejenigen, die bleiben, und diejenigen, die sie verlassen, in gleicher Weise überwältigt. Und dann erzählt sie nichts mehr. Da lese ich in ihrem verbrauchten, von Falten zerfurchten Gesicht, ebenso wie in ihrem verängstigten, verstörten Blick, ihr ganzes Unglück.

Samstag, 20. Juni
Heute geht es mir etwas besser. Ich komme wieder zu Kräften. Wenn alles zusammenbricht, wenn alles nachgibt, werden wir weggefegt. Man sollte also Widerstand leisten und nicht verzweifeln.

Montag, 22. Juni
Neuer Ärger zeichnet sich ab: Die Militärbehörden teilen uns mit, Arthur sei nicht ordnungsgemäß registriert. Es wäre zum Lachen, wenn es nicht so tragisch wäre. Was zum Teufel kann die Armee mit einem Einbeinigen anfangen? Und warum machen sie sich Gedanken über jemanden, der im Oktober siebenunddreißig Jahre alt wird? Sie haben wohl erfahren, daß er nach Frankreich zurückgekehrt ist. Ich gebe zu, daß mich das amtliche Schreiben von heute früh wirklich in Erstaunen versetzt. Leiden wir nicht schon genug Qualen, muß man noch neue für uns erfinden? Es

wird uns wirklich nichts erspart! Ich rede mir ein, ein Brief werde ausreichen, um dieses entsetzliche Mißverständnis aus der Welt zu schaffen.

Donnerstag, 25. Juni
Wie erwartet, hat die unsinnige Mitteilung des Büros der Militärverwaltung meinen Bruder in größte Verwirrung gestürzt. Er wirft uns vor, wir hätten nicht die notwendigen Schritte unternommen, um seine Dispensierung in die Wege zu leiten. Er beklagt sich, daß wir nichts geregelt hätten. Der Gedanke, er könne für einen Fahnenflüchtigen gehalten werden, ängstigt ihn. Er sieht sich schon als Deserteur im Gefängnis. Ich vernehme seine Sorgen und Nöte, aber warum begreift er nicht die Absurdität der Gefahr, die ihn zu bedrohen scheint? Ich will versuchen, ihn zu beruhigen, aber wenn er es liest, wird sich seine Panik schwerlich verflüchtigen.

Es ist nicht zu leugnen, daß ihm die Institution der Armee nie am Herzen lag, aber hat er vergessen, daß er uns versichert hat, er sei während der dunklen Tage der Kommune an den Schlachten beteiligt gewesen und er habe ernsthaft vorgehabt, sich der Armee der Karlisten anzuschließen, nachdem er in London einen ehemaligen Soldaten der niederländischen Armee kennengelernt hat? Ich habe nicht vor, mich über ihn lustig zu machen, ich stelle nur fest, daß seine Begeisterung, ebenso wie seine Lust, sich zu engagieren und der Gefahr ins Auge zu sehen, verschwunden sind. Bestimmt sind sie in der Gosse verlorengegangen, wo sein abgestorbenes Bein verfault.

Freitag, 26. Juni
Ich gebe es offen zu: Ich habe nie geglaubt, daß Arthur ein Anhänger der Kommune gewesen ist. In dem Punkt hat er uns belogen, da bin ich mir fast sicher. Er hat uns immer gerne einen Schrecken eingejagt. Er tischte uns mühelos abenteuerliche Geschichten auf. Er hatte eine große Erfindungsgabe.

Gewiß, er hat sich gegen manche Dinge aufgelehnt, und er hat gegenüber den Unterdrückern immer Partei für die Schwachen ergriffen, vor allem, wenn die Unterdrücker das lange, schwarze Gewand der Diener der Kirche trugen. Schon in früher Kindheit zog ihn die Gesellschaft armer Kinder unwiderstehlich an. Wir waren zwar selbst nicht reich, aber wir wuchsen in einem gewissen Klassendünkel auf. Mutter bemühte sich immer, uns über unsere Verhältnisse leben zu lassen und Quartiere zu wählen, die wir uns eigentlich nicht leisten konnten. Mein Vater hat uns fast nichts hinterlassen, und wir hatten kein großes Vermögen, aber unsere Mutter wollte die Illusion von unserem Wohlstand aufrechterhalten. Sie hielt uns von Kindern fern, die vom Schicksal benachteiligt waren. Für Arthur besaß das Leben dieser Kinder Ecken und Kanten und Farbigkeit, während ihm das seine glatt und farblos vorkam. Ihre Vororte waren so viel lebendiger und gefahrvoller als der unsrige, der trübselig und nüchtern war und in dem nie etwas passierte. Er zog die Lumpen einer armseligen Jugend der einengenden Kleidung vor, die man ihn zu tragen zwang. Im Grunde hat er immer bedauert, daß er kein Paria, kein Tunichtgut war, daß er während der Jahre der Herausbildung seiner Persönlichkeit nicht in die Abgründe getaucht ist. Er hat sich ihnen nur genähert. Er ist genau bis an den Rand gegangen, er hatte Lust, den entscheidenden

Schritt zu tun, aber jedesmal rief unsere Mutter, um ihn zu sich zurückzuholen, und er kehrte beschämt um, mit gesenktem Blick, die Hände in den Taschen, voll Bedauern.

Ich bin davon überzeugt, daß er sich in den gefahrvollen Stunden der Kommune nicht anders verhalten hat. Erst später in seinem Leben hat er begonnen, seine eigenen Wege zu gehen. Mit fünfzehn Jahren gehorchte er noch.

Auch ich war gehorsam. Ich bin es geblieben.

Dienstag, 30. Juni
Nachts schläft er zwei Stunden. Tagsüber ist er ans Bett gefesselt. Sein Bein ist vernarbt, aber er kann sich fast nicht bewegen. Er schwankt ständig zwischen Gereiztheit und Niedergeschlagenheit. Er träumt immerzu von Afrika, aber er sitzt in Marseille fest, in diesem Hospital, in dem wir ihn allein lassen. Hier zu Hause hat sich unsere Mutter in ihr Schweigen eingeschlossen. Sie hat schon drei Tage lang nicht mehr den Mund aufgemacht. Ich verrichte meine Arbeiten auf dem Hof und versuche, mich abzulenken und durch die Erschöpfung den schlimmen Gedanken, den Schuldgefühlen und den Sorgen zu entkommen. Die Tage sind entsetzlich lang, sie sind endlos. Wenn es Abend ist, schließe ich mich in meinem Zimmer ein und überlasse mich den nagenden Gewissensbissen. Es ist zum Verrücktwerden.

Donnerstag, 2. Juli
Ich begebe mich nach Voncq, um meine Briefe an Arthur zur Post zu bringen. Er hat mich schwören lassen, daß ich ihm nichts mehr über die Post in Attigny schicke, denn er hat Angst, dadurch Aufmerksamkeit auf sich zu lenken und den Militärbehörden zu ermöglichen, ihm auf die Spur zu kommen. Ich wollte meine Zeit nicht damit verlieren, ihm zu erklären, daß diese Vorsichtsmaßnahmen überflüssig seien. Ich wäre gezwungen gewesen, ihm seinen Zustand ins Gedächtnis zu rufen und ihn daran zu erinnern, daß die Armee nichts mit einem Invaliden anfangen kann. Und außerdem erträgt mein Bruder keinen Widerspruch. So oder so kann ich nichts gegen seine Angst tun, die lebhafter und hartnäckiger ist als ein Kinderschrecken. Es ist besser, sein Spiel mitzuspielen. Es fällt mir nicht allzu schwer, wenngleich ich es vorziehen würde, ihn nicht zu belügen.

Mutter wundert sich über meine Fahrten, aber sie hat offensichtlich beschlossen, mir deshalb keine Fragen zu stellen. Ebenso gibt sie vor, nicht zu bemerken, daß die Briefe ihres Sohnes nur noch an mich adressiert sind. Wenn ich sie anschaue, kann ich nicht umhin, den Stolz der Familie Cuif, eine Art Arroganz, wahrzunehmen. Und ich verstehe besser, daß unser Vater, der Hauptmann, eines Tages den Entschluß faßte, dem zu entkommen, dieser lähmenden Stille, diesem stummen Hochmut.

Sonntag, 5. Juli
Man käme nicht auf die Idee, daß der Sommer schon begonnen hat. Die Sonne ist kalt, die Felder dampfen im Morgengrauen, der Himmel ist violett wie an Tagen mit Rauhreif, die feuchten Schieferdächer glänzen, und die Wetterfahne auf dem Kirchturm dreht sich in alle vier Himmelsrichtungen. Die Straßen sind noch immer schlammig vom gestrigen Regen, die Läden an den steinalten Gebäuden sind geschlossen, die Gestalten in der Ferne gehen gebeugt, als wären sie erstarrt. Um die Mittagessenszeit begegnen mir graugekleidete Frauen, die vom Friedhof herabkommen, in ihren ermüdeten Armen tragen sie verwelkte Blumen. Die Menschen reden nicht, sie haben nichts zu sagen. Diese ersten Julitage gleichen der Zeit vor Allerheiligen.

Dienstag, 7. Juli
Unsere Bemühungen haben Erfolg gehabt, die Angelegenheit mit Arthurs Militärdienst ist geregelt. Die Verwaltung in Mézières ließ mir eine diesbezügliche Bescheinigung zukommen. Mein Bruder hat nichts mehr zu befürchten. Von nun an ist es ihm gestattet, das Hospital zu verlassen, und, ohne etwas befürchten zu müssen, hierher nach Roche, zu den Seinen, zu kommen. Er kann unbesorgt sein: Er ist frei.

Frei. Welche Tragik liegt in dem Wort.

Der Gedanke, ihn die Reise von Marseille hierher allein machen zu lassen, wenn er sich eines Tages dazu entschließen sollte, erfüllt mich allerdings mit Sorge, es wird jedoch nicht anders gehen. Ich werde ihn am Bahnhof abholen, ich werde ihn im Fuhrwerk heimfahren, alles wird gutgehen.

Ich mache mich daran, sein Zimmer zu richten. Es ist sicher besser, wenn er im Erdgeschoß wohnt. Die Unterbringung dort wird ihm weniger Anstrengung bereiten. Man muß die *größtmögliche Bequemlichkeit* im Auge haben. Es soll ihm an nichts fehlen, und er soll das vorfinden, was er braucht.

Hoffentlich kommt nun auch bald die Sonne zu uns. Ein wenig Milde zum Empfang wäre willkommen.

Wirklich, ich freue mich, ihn bald unter uns zu wissen. Es wird nun nicht mehr lange dauern. Die zwölf Jahre ohne ihn werden ein Ende nehmen. Natürlich vergesse ich nicht, daß es ihm nicht gutgeht, aber wir werden Mut und Geduld aufzubringen wissen.

Ich erwarte ihn.

Freitag, 10. Juli
Ach, seine Verzweiflung nimmt nicht ab. Der Brief, den ich heute erhalte, ist geprägt von Traurigkeit und Sehnsucht, von Leiden und Klagen, von Hoffnungslosigkeit und Kapitulation. Arthur jammert über den Verlust seiner Bewegungsfähigkeit, über seine Existenz als beinloser Krüppel. Er trauert den Reisen vergangener Tage nach, den Ländern, die er durcheilte, den Gegenden, in die er seinen Fuß setzte, den Landschaften, die er erforschte, der Sonne, die ihn verbrannte. Er spricht von dem Schmerz, der sein tägliches Los ist, von dem Beinstumpf, der anschwillt, von den Abszessen, die aufbrechen, die ihm niemand erklärt, um die sich niemand kümmert. Er beschwert sich über die Gleichgültigkeit der Ärzte, über ihren Dünkel und ihre Gefühl-

losigkeit. Er behauptet, er werde nicht wieder, nie wieder gesund. Er befürchtet, nur noch eine Last, ein Klotz am Bein zu sein. Er muß auf alles verzichten. Er behauptet sogar, er müsse auf die Heirat verzichten, die er für diesen Sommer geplant habe!

Das sieht Arthur ähnlich; er, der nie daran dachte, eine Frau zu nehmen, der uns, mit fast siebenunddreißig Jahren, noch nie von einem weiblichen Abenteuer berichtet hat, er erklärt mir, er sähe sich daran gehindert zu heiraten! Wie gerne würde ich dieser Hochzeitsgeschichte Glauben schenken. Mutter und ich hatten so sehr gehofft, er werde eine gute und schöne Person finden, die eine liebenswerte und sanfte und aufmerksame Frau für ihn sein würde. Aber nein, er brauchte Afrika, die endlose Weite, den Rausch der Geschäfte und eine jämmerliche Einsamkeit. Jetzt ist es etwas spät, sich um eine Ehe zu kümmern. Warum hast du nicht früher daran gedacht! Du ganz allein hast das Fundament für dein Unglück gelegt, als das Glück noch möglich war. Mach dich nicht über mich lustig mit deinen Possen. Täusche dich nicht, ich kenne dich, auch wenn sich unsere Blicke seit langem nicht mehr gekreuzt haben, auch wenn ich ein sehr junges Mädchen war, als du mich verlassen hast. Ich erinnere mich an deine Jugend, an ihre Zügellosigkeit, an die Unruhe, die sie uns verursacht hat, auch wenn wir nie darüber reden. Ich werde deine Lügengeschichten deinem Delirium und deinem Schmerz zuschreiben. Ich bin dir deshalb nicht böse, mißverstehe mich nicht. Ich liebe dich. Ich liebe dich, weil ich von deinem Blut bin. Aber gib zu, daß du es dir angelegen sein lassen wirst, uns reichlich Kummer zu bereiten.

Montag, 13. Juli
Mein Gott, die Parade war schön. Ich bewunderte sie, unsere Soldaten, mit ihren sorgfältig aufgebügelten Uniformen, ihren feuerroten Käppis, ihren vergoldeten Knöpfen, ihren geradeaus gerichteten Blicken, ihren sicheren Schritten, ihrem Stolz und ihrer Würde. Ich hörte die Begleitmusik, die martialischen Gesänge, die glorreichen Trompeten, die herzzerreißenden Klänge und das stoßweise Aufstampfen der Schritte auf dem Pflaster. Der Himmel war ihnen wohlgesonnen, er hatte sich blau herausgeputzt. Und die Menge war aufmerksam und respektvoll. In dem Umzug habe ich einen Soldaten bemerkt, der auf meiner Höhe zum Stehen kam. Gegen alle Regeln hat er in meine Richtung geblickt und mich angesehen. Als sich der Zug dann wieder in Bewegung setzte, hat er erneut auf den Nacken dessen gestarrt, der vor ihm ging. Er hat sich entfernt, ohne Hoffnung auf Rückkehr. Ich habe ihn nicht wiedergesehen. Heute abend denke ich an ihn, ich, die nie an Männer denkt. Der Soldat mit den klaren Augen hat die Süße eines nicht begangenen Fehltritts. Eines Bedauerns.

Dienstag, 14. Juli
Das Geständnis fällt mir nicht schwer: Es gibt keinen Mann in meinem Leben. Ich bin die, die keiner berührt hat. Manchmal schaut sich ein rotgesichtiger Bauer nach mir um, aber dann geht er entmutigt von meiner Gleichgültigkeit oder auch von der Unansehnlichkeit meiner Züge weiter seiner Wege. Immerhin, vor acht Jahren hat mich ein Nachbar zur Frau haben wollen. Ich hielt es für besser, sein Angebot abzulehnen. Es war ein Kerl mit wenig Glauben und wenig Vermögen. Ich werde vielleicht für immer die Jungfrau der Ardennen bleiben. Ich beklage mich nicht

darüber. Wenn ich bis ans Ende meiner Tage in der Kälte des Hofs alleine einschlafen muß, dann war dies mein Schicksal. Es nutzt nichts, sich dagegen aufzulehnen.

Jedenfalls weiß ich, daß ich nicht die Art Frau bin, die den Männern gefällt. Meine Brust ist eingefallen. Nach dem Waschen sehe ich die roten Spuren, die der rauhe Lappen auf der fast durchsichtigen Haut, auf dem knochigen Gerippe zwischen meinen zu flachen Brüsten hinterlassen hat. Mein Gesicht ist weiß wie Alabaster. Ich kann die Totenblässe im Spiegel nicht übersehen. Nur unter Anstrengungen steigt mir das Blut in die Wangen, ich bin ein tüchtiges Mädchen, das gerne arbeitet, und ich habe Kraft. Meine Arme sind die einer Bäuerin, sie sind fast rundlich. Meine Schultern sind breit.

Es macht mir nichts aus, daß man mich nicht mit Begehrlichkeit betrachtet. Ich gehöre nicht zu denen, die sich feilbieten.

Man behauptet, ich sei eigensinnig und oft mißtrauisch. Manche gehen so weit zu verbreiten, ich sei kalt und abweisend: Ich glaube, das ist übertrieben. Ich will jedoch gerne zugeben, daß ich die Kälte und die Sturheit meiner Mutter geerbt habe. Sie ist ein schweigsames Geschöpf. Das Schweigen ist ihr Wesen. Sie kann ganze Tage verbringen, ohne etwas zu sagen, ohne irgendein Wort von sich zu geben. Die Stummheit bedeutet keine Anstrengung für sie. Es ist die Sprache, die ihr Schwierigkeiten bereitet. Sie ist schon seit langer Zeit verstummt. Sie ist verstummt, als der Hauptmann für immer ging, nachdem er genug davon hatte, ihr bei jedem Urlaub Kinder zu machen (in den Winterurlauben Jungen, im Augusturlaub Mädchen). Sie hat den Gebrauch der Sprache verloren. Es geht ihr dabei nicht schlecht.

Ich habe einen sanfteren Charakter als sie, aber ich habe ihr Auftreten. Wie sie stecke ich meine Haare mit Messingnadeln zu einem Knoten zusammen.

Frauen ohne Männer verstehen es, Haltung zu bewahren.

Mittwoch 15. Juli

Trotzdem, manchmal an Abenden, an denen die Einsamkeit zu schwer auf mir lastet, wenn die Laken an meinem unberührten Körper scheuern, steigen aus den Tiefen meines Bauchs verborgene Zuckungen auf, Krämpfe, die ich beruhigen muß. Mit meinen Fingern gleite ich zu den Hüften hinab und tauche dort ein, wo die Haut sich öffnet, über dieser Wunde, die niemals berührt wurde, diesem Spalt, dem sich noch nie jemand genähert hat, und ich male mir denjenigen aus, dem ich erlauben würde, sich seiner zu bemächtigen.

Samstag, 18. Juli

Öde Stunden, wie in Erwartung verrinnend. Gedrosselte Zeit, wie in der Schwebe vor einem bevorstehenden Ereignis. Eine unwirkliche Stille, wie vor Katastrophen.

Montag, 20. Juli

In zwei Tagen wird er bei uns sein. Er teilt es mir in einem kurzen Brief mit. Er erträgt das Hospital nicht mehr, und er hat den Entschluß gefaßt, Frankreich mit seinem einen Bein und trotz der andauernden Schmerzen zu durchqueren, um zu uns zu kommen. Ich werde ihn am Bahnhof in Voncq erwarten.

Ich sollte die glücklichste aller Frauen sein, und doch ist meine Traurigkeit groß. Denn ich kann nicht vergessen, daß ich einen Krüppel empfangen werde, einen Schwerkranken. Wie umarmt man jemanden, der sich nicht ohne Krücken aufrecht halten kann?

Ich muß allerdings zugeben, daß meine Sorge noch einen anderen Ursprung hat: Wird Arthur mich wiedererkennen? Als wir uns das letzte Mal sahen, war ich noch so jung. Ich habe die schmale Gestalt meiner Jugend behalten, aber die Konturen sind doch etwas schwerfälliger geworden, und meine Züge sind gealtert. Arthur hat ein junges Mädchen verlassen, und eine alte Jungfer wird ihm wiedergeschenkt. Die Zeit ist über mich weggegangen, wie sie über uns alle weggeht. Und in diesem düsteren Land zählen die Jahre doppelt.

Ich würde ihn wiedererkennen. Unfehlbar. Er könnte sein Gesicht, seinen Körper verloren haben, ich würde, ohne zu zögern, wissen, daß er es ist. Die Augen können sich nicht verändert haben. Die Augen sind die meinen, die unseres Vaters. Und die Haltung verliert sich auch nicht. Der Stolz, der Eigensinn, sie bleiben unangetastet, davon bin ich überzeugt.

Und außerdem habe ich meinen Bruder schon einmal in einem verheerenden Zustand wieder auftauchen sehen. Es war im Frühjahr 1873. Ich war noch keine zwölf Jahre alt. Er war achtzehn. Und doch glich er einem ausgemergelten, halbverhungerten Greis, der sich nicht mehr aufrecht halten kann. Er hatte uns einige Wochen zuvor verlassen. Ein weiteres Mal hatte er sich aus der Umklammerung unserer

Erzeugerin befreit. Er hatte die Fesseln gesprengt. Er war vor der Trostlosigkeit von Roche geflohen, vor dem langsamen Sterben der Ardennen, und in das lärmende, pulsierende, buntgemischte London zurückgekehrt. Er hatte dort ein Leben voll Glanz und Ungeheuerlichkeiten geführt. Er hatte sich an der Maßlosigkeit Londons gemessen, am Abschaum, am Völkergemisch der Stadt, an ihren Moralaposteln, ihren Waisen, ihren Clochards, an einem ganzen Bestiarium des Elends. Ach, er hatte sich am Hafen herumgetrieben, auf den Kaimauern, die im Nebel versanken, und in den Opiumhöhlen des East End. Er hatte die stinkenden Straßen durchstreift, die das leichte Vergnügen versprechen. Er verkehrte auch, und das ohne Maß und Verstand, in übel beleumundeten Pubs, in unmöglichen Spelunken, den reinsten Sündenpfuhlen. Und er war in bedauernswerter Verfassung zu uns zurückgekehrt, verlaust, elend und mit schlotternden Gliedern. Seine Wangen waren gerötet, seine Hände von einem entsetzlichen Zittern befallen, seine Augen starrten ins Leere. Manchmal brauste er auf, ehe er in eine fürchterliche Apathie versank. Er gestikulierte heftig, dann brach er auf seinem Bett zusammen. Er führte wirre Reden, dann verfiel er wieder in ein beunruhigendes Schweigen. Er gab unverständliche Sätze von sich und ein fast unhörbares Knurren. Er verlangte Wein, den wir ihm verweigerten. Wir hatten alle Flaschen versteckt, alle Wandschränke doppelt verschlossen und die Schlüssel weggetan. Wir hatten uns unnachgiebig gezeigt, herzlos, um ihn zu entwöhnen, zu entgiften. Für meine Mutter, die dieser Alkoholismus aufbrachte, war dies leichter. Ich dagegen hätte mir gewünscht, imstande zu sein, seine Krisen, seine Rasereien zu beruhigen, ihm aus seinen komatösen Zuständen herauszuhelfen, aber ich unternahm nichts, weil mich die Mutter davon abhielt, auch nur die geringste Nachgiebigkeit zu zeigen. Das waren Dinge, die ein Kind von zwölf Jahren erschüttern konnten.

Denn man stelle sich vor, welch nachhaltige Eindrücke solche Exzesse bei einem Mädchen hinterlassen können, das sich in die mütterlichen Röcke flüchtet und sich darin gleichzeitig verfängt, das eine nicht wiedergutzumachende Regung befürchtet und entgegen aller Wahrscheinlichkeit hofft, daß sich schließlich wieder ein normaler Zustand einstellt.

Kein Zweifel, Arthur hat mir sehr früh den Schrecken, das Entsetzen, die Bestürzung beigebracht. Ich werde also mit dem, was mich erwartet, zurechtzukommen wissen. Ich bin seit der Kindheit darauf vorbereitet.

Dienstag, 21. Juli

Ich habe das Zimmer im ersten Stock hergerichtet, wie er es sich gewünscht hat. Ich habe saubere Bettlaken aufgezogen, frische Wäsche in den Schrank gelegt, Lavendelsäckchen genäht, die Kommode mit etwas Wachs und den Nachttisch mit einem Tuch abgewischt, die Zierdeckchen verteilt, die Vorhänge ausgebürstet und den Teppich am Fenster ausgeschüttelt. Und dann habe ich Blumen gebracht. Ja, ich habe Sonnenblumen in eine große Vase gestellt. Das Gelb der Sonnenblumen wird Licht in dieses niedrige und düstere Zimmer bringen. Nun ist alles bereit, ihn zu empfangen.

Mutter beobachtet meine Bemühungen aus der Distanz und vielleicht mit einem Hauch Verachtung. Es hat den Anschein, als wolle sie sich nicht in diese Vorbereitungen einmischen, die sie zweifellos für unangebracht hält. Und doch ist es ihr Sohn, der morgen dasein wird. Ihr verlorener Sohn, der endlich zurückkehrt. Ihr hilfloser Sohn, der sie brauchen wird. Ihr geschundener Sohn, der sich in Afrika zu Tode gearbeitet hat. Ihr abtrünniger Sohn, der fünfzehn reuevolle Jahre hinter sich hat. Der einzige ihrer Söhne, den sie überhaupt noch wiedersehen will. Sie wird also ihre legendäre Zurückhaltung überwinden müssen. Sonst landen wir in einer Katastrophe.

Mittwoch, 22. Juli
Es ist kalt wie mitten im Winter. Diese Kälte schlägt Arthur als erstes entgegen, als er auf dem kleinen Bahnhof in Voncq aussteigt. Sie läßt ihn bis auf die Knochen erstarren, sie überläuft sein Rückgrat mit einem Schauder, der seine Gelenke steif werden läßt. Gewiß, er ist nicht mehr an die französischen Sommer gewöhnt: Zu lange waren die Jahreszeiten für ihn sengend, gleißend, trocken. Dazu kommt, daß in dieser Welt abseits der Welt unbestreitbar alles noch dunkler und feuchter wirkt. Das Licht ist schmutzig, und die Himmel sind schwer. Die Dunkelheit schleicht über die Abhänge der Hügel herab und läßt sich in den Tälern nieder. Selbst der Fluß ist schwarz. Es gibt keinen Sommer. Es gibt keine Sonne. Die meiste Zeit regnet es, und ein Grauschimmer liegt über allem. Die Pappeln biegen sich im Wind. Mitten in diesem Schattentheater nähert sich Arthur wie ein Gespenst.

Ich erwarte ihn am Rand der Gleise, ich recke den Hals, um ihn zu entdecken, ich habe ein Lächeln aufgesetzt, ich glaube, daß mich dieses Lächeln entstellt, als ich seine Gestalt endlich erkenne. Ich sehe den von Krücken gestützten verstümmelten Körper, ich ahne, was für ein Martyrium seine

Reise von Marseille in diesem elenden Zug gewesen sein muß. Ich eile ihm entgegen. Mit falschem Lächeln und leuchtenden Augen.

Ich nehme sein Gesicht in beide Hände. Seine Arme stützen sich auf die Krücken. Wir wechseln kein Wort.

Später helfe ich dem Gepäckträger, die Koffer auf unserem Fuhrwerk zu verstauen. Arthur geht hinter mir, absichtlich, er verzieht das Gesicht, ich weiß es, ohne ihn zu sehen. Ich versuche, meine Verwirrung vor ihm zu verbergen. Er dagegen bleibt mitten in dem Durcheinander und der Aufregung ruhig. Ich kämpfe gegen eine Ohnmacht an. Als es darum geht, ihn in unser Gefährt hochzuheben, braucht der junge Bahnhofsbedienstete Hilfe. Es ist zu viel für ihn allein.

Arthur war der Meinung, er habe alles vergessen, aber die Erinnerung kehrt »in Sekundenschnelle« zurück, versichert er mir. In der Abenddämmerung erkennt er die Fassaden der von Efeu überwucherten Häuser, die wie Wälle aufgerichteten Mauern, die immer gleichen Dächer und jenseits der Stadtmauer den Wald, in dem er so oft umherirrte und in dem die Gespenster seiner Vergangenheit schweben.

Während der ganzen Heimfahrt spricht er fast nichts, aber jeder Laut, den er von sich gibt, bringt mich völlig aus der Fassung. Ich muß gestehen, daß ich mir ganz sicher gewesen war, seine Stimme nie wieder zu hören. Ich hatte sie so oft vergeblich gesucht, die Erfolglosigkeit einer solchen Suche hatte mich erschöpft, und mein Versagen hatte mich zur Verzweiflung gebracht. Und nun wird sie mir auf einmal wiedergegeben, diese Stimme, und sie annulliert das Verschwinden meines Bruders. Ich finde den Akzent, das jugendliche Vibrato, das sanfte Rasseln der Stimmbänder, die Intonation unverändert wieder, und beim bloßen Hören überkommt mich ein Zittern, denn die Klänge versetzen mich um Jahre zurück. Es fällt mir leicht, die Abnutzung, die offensichtliche Ermüdung auszublenden, so sehr ist diese Stimme von Jugend geprägt, so sehr straft sie das vorzeitige Altern Lügen. Mit einemmal scheint er mir fünfzehn Jahre alt zu sein. Aber der Anblick des amputierten Beins genügt, um mir in Erinnerung zu rufen, daß die Zeit ganze Arbeit geleistet hat.

Als Arthur vom Fuhrwerk aus unser Haus sieht, die Fenster, die helle Rechtecke in die Dunkelheit schneiden, bemerkt er mit Bedauern, daß die Eingangstür zu ist und unsere Mutter nicht zum Empfang auf der Schwelle steht. Die Tür bleibt während der ganzen Zeit, die ich benötige, um ihn aus dem Wagen zu heben, hartnäckig geschlossen. Kein weiteres Licht erhellt den Kies vor unserem Hof. Der verstohlene Blick meines Bruders und seine angespannte Hoffnung entgehen mir nicht. Während ich mich abmühe, das Gepäck auszuladen, flehe ich zu Gott, daß diese verdammte Tür endlich aufgehen möge, umsonst. Unsere Mutter stammt aus einer Familie, in der man seine Gefühle nicht zeigt.

Endlich finden wir sie in der Küche sitzend an einem schwarzen Holztisch, der von einer fast heruntergebrannten Kerze erhellt wird und auf dem nicht einmal ein Stück Brot liegt. Sie zerknüllt ein Taschentuch zwischen den Händen.

Donnerstag, 23. Juli

Arthur wühlt in einem seiner Koffer, und ich vermute, daß er ein Kleidungsstück sucht. Aber offensichtlich sind es Nippsachen, die er herausholt, vier Nippsachen, alle einzeln in Zeitungspapier eingewickelt, und er hält sie mir hin.

Zunächst verstehe ich diese Geste falsch. Ich meine, er wünsche meine Hilfe, er bitte mich, etwas für ihn zu erledigen, das zusammengefaltete Papier enthalte Dinge, die er brauche. Aber nein, er fordert mich auf, sie zu behalten. »Das ist für dich.« Es braucht keinen weiteren Beweis, diese Worte, die Arthur ausspricht, die einfachsten Worte, die es gibt, verraten mir unmißverständlich die Brüderlichkeit, ein Band, das ganz weit zurückreicht.

Ich wickle das Papier auf, und ich entdecke Phiolen. Arthur hat mir aus Harar Parfüm mitgebracht. Diese unerwartete Aufmerksamkeit könnte mich fast zu Tränen rühren.

Und ich wage nicht, die Phiolen zu öffnen, nicht einmal, sie zu bewegen. Ich halte sie in der Hand, und ich habe Angst, sie könnten zerbrechen, und finde nicht die Worte, mich zu bedanken, und möchte, daß sich der Augenblick dieses Geschenks ausdehnt, daß er sich in die Länge zieht, und halte die Tränen zurück. Es ist eine Art Unbeholfenheit, ein andächtiges Verweilen.

Aber die Normalität gewinnt rasch wieder die Oberhand, und schon schilt mich mein Bruder. Er macht sich über meine Ziererei und mein Erröten lustig. Er hält mir vor, anstatt meine Fläschchen eifersüchtig zu hüten, solle ich mir lieber etwas von seinem Parfüm aufsprühen. Das würde vielleicht für einen Tag, für eine Stunde, den Geruch des Todes, der Verwesung, des in Auflösung befindlichen Körpers, den man in diesem Sterbezimmer atme, vertreiben. Da steigen wirklich Tränen in mir auf. Ich spüre sie an meinen Augenrändern. Sie dürfen nicht fließen. Man muß sich tapfer zeigen.

Ich frage ihn schließlich, ob dieser Duft, den er mir schenkt, derjenige Afrikas ist. Er antwortet, daß ihn diese Parfüme tatsächlich am ehesten den Gegenden näherbrächten, die er wider Willen habe verlassen müssen, und daß er von nun an in den Gerüchen sein verlorenes Paradies wiederfinden werde. Dann dreht er sein Gesicht auf dem Kopfkissen zur Seite. Seine Augen blicken ins Leere. Er bricht in Gegenden auf, in die ich ihm nicht folgen kann. Er bricht in die Landschaften auf, die in meinen Phiolen eingeschlossen sind.

Ob er in der Stille seiner Abwesenheit auch an die drei Glasgefäße denkt, die Paul Verlaine während seiner Jugend betrachten mußte und die die Foeten derer enthielten, die vor ihm im Leib seiner Mutter heranwuchsen und nicht lebensfähig waren? Arthur hat mir erzählt, daß Verlaine diese Gefäße eines Tages in einem Wutanfall zerstörte, damit sie vor seinen Augen verschwänden, und damit ein für allemal Schluß wäre mit seiner Kindheit und seinen Traumata.

Schließen die Ampullen von Harar die verlorene Zeit ein? Die Zeit, die ihm selbst ein Genius nicht wiedergeben würde, wenn ihn die Lust ankäme, sie zu öffnen?

Unser Weitgereister hat auch eine Stoffdecke aus Abessinien mitgebracht, ein weiches, schillerndes, buntes Tuch, »damit ein wenig Helligkeit in diese Mauern eindringt«. Er beschwört mich, sie ja nicht in einen Schrank zu legen, »es ist keine Reliquie«, sondern sie am Fußende seines Bettes auszubreiten. »Damit es strahlt.« Ich füge mich, weil es ausgeschlossen ist, seinen Wünschen zuwiderzuhandeln. Ich finde jedoch, daß dieser Kattun in einem Haus wie dem unseren etwas unpassend ist und daß es sich allemal empfiehlt, die Unauffälligkeit dem Prunk vorzuziehen. Aber ich denke immer an die Wutanfälle meines Bruders, unter denen wir so gelitten haben: Ich werde nichts tun, was sie wieder wecken könnte.

Er erinnert sich genau an den Ort, wo er den Stoff erstand: eine Bude am Rand der Wüste. Das Gewebe ist sanft wie der glühende Sand, der durch seine abgemagerten Finger rann. Und plötzlich beschwört er den Sand, in dem seine Füße versanken. Manchmal war er so heiß, daß man unmöglich barfuß darauf gehen konnte. Er mußte Ledersandalen anziehen, deren Riemen sich um seine Knöchel schlangen. Mit Erstaunen beobachtete er, wie seine schwarzen Begleiter unbeirrt mit nackten Füßen weitermarschierten, offensichtlich ohne sich im geringsten heißzulaufen, ohne sich die geringste Blase, die allerkleinste Brandwunde zuzuziehen. Er kochte, und sie schritten mit Leichtigkeit und in aller Ruhe aus. Er lief Gefahr, einen Sonnenstich zu bekommen, während sie sich ohne jede Angst der Sonne aussetzten.

Hier in Roche ist der Fliesenboden kalt, und er zögert, sein Bett zu verlassen, weil er nicht riskieren will, daß dieses Kältegefühl das einzige gesunde Bein, das er noch hat, erstarren läßt.

Er erinnert sich, daß er damals, im Angesicht der Sonne, noch auf seinen beiden Beinen stand.

Freitag, 24. Juli
Wir haben niemand von seiner Rückkehr erzählt. Niemand weiß, daß Arthur bei uns ist. Niemand.

Ich bin überzeugt, daß er weder Neigung verspürt, die vom Alter verwüsteten Gesichter derjenigen zu sehen, die die Jahre seiner Jugend begleiteten, ihre roten und enttäuschten Mienen, ihre von der bäuerlichen Verbürgerlichung schwerfällig gewordenen Leiber, noch Lust hat, ihre angeblich liebevoll gemeinten Erinnerungen anzuhören, ihr allzu bemühtes Gelächter, diese Gewöhnlichkeit der kleinen Leute. Das alles würde ihm zweifellos Ekel bereiten. Aber Frédéric, immerhin ... Unser eigener Bruder. Er soll ferngehalten werden, ihm soll nicht gestattet sein zu erfahren, daß sich Arthur nur wenige Kilometer entfernt von ihm befindet, er soll daran gehindert werden, zu kommen und ihn in seine Arme zu schließen! Mutter hat es befohlen! Ihren Befehlen widersetzt man sich nicht. Ich habe wohl versucht, mit ihr zu sprechen, sie umzustimmen: Sie hat nichts hören wollen, sie hat auf ihrer Weigerung beharrt, sie hat ihren Entschluß der Exkommunikation nicht zurückgenommen. Arthur läßt mich nicht spüren, daß er diese Abwesenheit bemerkt, er stellt keinerlei Fragen im Hinblick auf Frédéric, aber ich ahne, daß er alles verstanden hat. Er wird keine Aufklärung verlangen. Er ist nicht hier, um Wiedersehen zu feiern, das ist offensichtlich. Und außerdem ist es nicht gerade seine Art, um etwas zu bitten.

Eine Wendung zum Besseren: Er ist charmant. Heute lacht er sogar, er stöhnt nicht, er zeigt guten Willen und eine gewisse Munterkeit. Er macht sogar Scherze für uns. Als wäre nichts. Als hätte er nicht diesen blutenden Stumpf, dessen

Verband wir alle vier Stunden erneuern müssen. Als gäbe es nicht dieses erstarrte Gesicht der Mutter, die schwindelerregende Stille des Hofs von Roche. Mutter scheint übrigens der guten Laune zu mißtrauen, die ihr Sohn an den Tag legt. Ich bin sicher, sie vermutet dahinter einen weiteren seiner üblen Streiche.

Aber vielleicht spottet er nur aus jedem kleinen Anlaß, weil die Ironie das einzige Mittel ist, über das er verfügt, um sich den Sensenmann vom Leib zu halten, den er nachts in den Falten der Vorhänge seines Zimmers sieht? Jedenfalls führt dieser verwirrende Optimismus, mit dem er uns beeindruckt, für Augenblicke dazu, uns vergessen zu lassen, daß wir einen Kranken pflegen, dessen Besserung noch lange nicht gesichert ist. Die gute Nachricht ist, daß er etwas Licht und Wärme in unser für gewöhnlich so dunkles und kaltes Haus bringt. Ein wenig von dieser Sonne, der es normalerweise nicht gelingt, die Scheiben zu durchdringen, ein wenig von diesem Weiß und Blau des Himmels, das auf unserem Fliesenboden unweigerlich grau wird, von dieser Milde draußen, die sich, sobald sie über unsere Türschwelle kommt, in Feuchtigkeit verwandelt.

Samstag, 25. Juli
Seine gute Laune hält nicht lange an. Er äußert, er ertrage es nicht, in sein Zimmer eingesperrt zu sein, und er sehne sich danach, frische Luft einzuatmen und die Berge, die Felder, die Bäume, die Bäche wiederzusehen. Es stimmt, ich sehe gut, daß er zwischen seinen vier Wänden leidet, daß er Stunden damit zubringt, durch seine Fenster hinauszuschauen. Ich spanne also das Fuhrwerk für ihn an und setze mich neben ihn. Auf ihn warten keine Ausritte mehr, keine

Fluchten, keine endlosen Gänge, bei denen er sich Wegen, Umwegen und Gräben überläßt. Wir machen nur eine Spazierfahrt im langsamen Trott der Pferde. Die belebende Luft prickelt auf seinen Wangen. Er hört das Rascheln der Blätter an den zitternden Zweigen. Er atmet den Geruch frischgemähten Grases ein. Er spürt, wie der leichte Wind und die Sonnenstrahlen über sein Gesicht streichen. Wir entfernen uns nicht von der Landstraße. Sein gesundes Bein baumelt an der Außenseite unseres Gefährts, während sein Holzbein auf dem Wagenboden verstaut ist.

Findet er in diesen Augenblicken wirklich die Kindheit wieder, die schönen Gefühle der Kindheit und ihre wunderbare Offenheit, die süßen Erinnerungen an seine Fluchten, die uns so viel Unruhe bereiteten, die Leichtigkeit und den Übermut, die Freiheit und die Sorglosigkeit? Oder hat dies alles den Geschmack des Abgelebten? Steigen die Tränen, die ich in seinen Augenwinkeln sehe und die er mit einer raschen Bewegung wegwischt, aus seinen Erinnerungen auf oder gelten sie dem gegenwärtigen Moment?

Wir begegnen Bauern, die ihn nicht wiedererkennen, die sich fragen, wer der junge Greis ist, der sie nicht grüßt, die eine fast beunruhigte, häufig feindselige Miene an den Tag legen. Natürlich bemerken sie den Burnus, den er als Souvenir aus seinen afrikanischen Ländern mitgebracht hat und den er wie eine Provokation trägt. Sie sehen auch seinen gebräunten Teint, die Spuren der Sonne auf seiner Haut. Sie sind zweifellos entrüstet über seine ablehnende, vielleicht sogar verächtliche Miene. Dann sehen sie seine Verstümmelung, dieses Ersatzbein, das man an den Stumpf angehängt hat, und sie beginnen fast, ihre Gereiztheit zu bedauern. Erst als sie mich erkennen, können sie dem Gespenst eine Identität geben. Aber ihr Mitleid kommt zu spät. Und ihr Ekel überwiegt in jedem Fall alles übrige.

Er behauptet, Attigny habe sich nicht verändert. Es sei verblüffend, wie die Dinge sich erhalten hätten, wie ihnen die Zeit hier nichts habe anhaben können. Alles sei genau wie früher. Die zehn Jahre seiner Abwesenheit hätten im Grunde nichts verändert. Nur vieles geschwächt, verwischt, geglättet. Sie hätten nichts Neues gebracht. Es habe sich nichts ereignet außer einer Art Einbalsamierung.

In einer Talmulde bemerke ich die Leere und Starrheit seines Blicks und stelle fest, daß er meinem Bericht über die Neuigkeiten unserer Heimat nicht mehr zuhört. Da weiß ich, daß sich seine Gedanken im Unterholz des Waldes, an dem wir vorbeifahren, verlieren. Arthur hat sich in seiner Erinnerung auf die Suche nach dem jungen Soldaten gemacht, der während des sinnlosen Krieges, den Frankreich unverständlicherweise Preußen erklären zu müssen geglaubt hatte, von den feindlichen Kugeln niedergemäht wurde. Steht er noch einmal diesem Leichnam gegenüber, als hätte niemand daran gerührt? Mit seinem schönen Kindergesicht, den breiten Schultern, den glatten und verdreckten Wangen, dem zu mageren Körper in der hilflosen Haltung? Herrscht dort noch immer das unüberwindliche Schweigen, die ungeheure Stille, die entsetzliche Ruhe, der trügerische Schlaf? Oder trifft er dort auf das Gespenst des jungen Mannes, auf seine verwesenden Gebeine? Hat sich das Gesicht in ein schwarzes Knochengerippe verwandelt? Sind die Augen in den dunklen Löchern ihrer Höhlen verschwunden? Sind die Beine inzwischen von Efeu überwuchert, vom Erdboden verschlungen worden? Als Arthur endlich wieder zu sich kommt, sagt er wie beiläufig zu mir: »Hier habe ich einen Bruder verloren.«

Werde ich diesen Satz, diesen entsetzlichen Satz, bald selbst aussprechen?

War er es, der dies Land, das das seine ist, eines Tages verlassen hat, oder hat sein Land ihn verlassen? Wer hat sich von wem getrennt?

Ich verhehle nicht, wie sehr er gewünscht hat wegzukommen. Wie sehr sein persönliches Abenteuer vor allem gekennzeichnet war durch Fluchten, durch das Exil. Im Grunde hat er nie etwas anderes getan, als vor der Kindheit, vor dem Regen davonzulaufen, als sich in entfernten Gegenden zu verlieren, unter der vernichtenden Glut der Sonne, in wirbelndem Staub. Er war derjenige, der jedes Band zerriß.

Aber andererseits, wer hat den Wunsch in ihm geweckt zu bleiben? Wer hat ihn zurückgehalten? Gewiß niemand. Man hat ihn vielmehr weggejagt. Man hat ihn fortgetrieben, indem man ihm mißtraute, ihn klein, mürbe, kaputt machte.

Wäre er nicht gegangen, wäre er bestimmt gestorben.

Heute scheint er die Welt um sich herum mit den Augen des enttäuschten Kindes zu betrachten, das nichts vergessen hat und das nicht verzeihen wird.

Sonntag, 26. Juli

Ich gehe in die Acht-Uhr-Messe. Die winzige Kirche von Chuffilly ist überfüllt. Wir sind hier gute Christen! Ich betrachte die Gemeinde, die inbrünstig im Gebet vereint ist.

Ich betrachte die von den Jahren verbrauchten, von unserem rauhen Klima zerfurchten Gesichter, die am Ende nicht zu unterscheiden sind, weil sich alle Gesichter im Alter gleichen. Ich betrachte die Männer und Frauen mit dem Meßbuch in der Hand, ihr Erstarren während der Predigt. Ich betrachte dieses schweigsame und harte Volk. Mit allen Fasern fühle ich mich diesem Volk zugehörig.

Man nennt uns die einfachen Leute. Diese Bezeichnung erfüllt mich mit Stolz. Man wirft uns bisweilen vor, wir würden nicht auf die anderen zugehen, wir riegelten uns auf unserem Fleckchen Erde ab, aber wir sind keine schlechten Menschen. Kennt jemand die Verzweiflung, die in unseren Herzen ruht, und die Furcht vor dem Herrn, in der wir leben? Kennt jemand die Anstrengungen, die wir Jahreszeit für Jahreszeit aufbringen, damit die Erde uns ernährt? Wir verdienen nicht, daß uns die Glücklichen verachten.

Ich übersehe nicht, daß Arthur der erste war, der uns in seiner Jugend seine Verachtung hat spüren lassen. Er verachtet uns bestimmt noch immer, indem er sich verstellt, indem er wegsieht. Ich empfinde dabei einen heftigen Schmerz, vielleicht einen Groll, den ich ihm verschweige. Er ist so weit, daß er Übermut von Hochmut, Sarkasmus von Grausamkeit nicht mehr zu unterscheiden vermag.

Auf dem Kirchplatz begegne ich Sidonie Albinier. Ihre Hände sind nicht mehr ganz sicher, aber sie hat heute sehr gut gespielt, und die Akkorde ihrer Orgel sind, selbst wenn sie nicht immer stimmen, doch immer herzzerreißend. Zu meiner großen Überraschung fragt sie mich, wie es meinem Bruder geht: Ich hätte ihr nicht so viel Kühnheit zugetraut.

Ich antworte ihr lediglich mit einem traurigen und bedeutungsvollen Blick, aber er genügt ihr. Man braucht nicht viel zu reden, um sich zu verstehen. Und ich sehe sie den gewundenen Weg einschlagen, der zum Friedhof führt. Sie wird die Blumen ihres Verblichenen auswechseln.

Montag, 27. Juli
Jede Bewegung bedeutet eine Prüfung für ihn. Das Fieber, das sich bisher in Grenzen hielt, ist in den letzten beiden Tagen heftig angestiegen. Arthur kann das Bett nicht mehr verlassen. Er verbringt den Tag eingewickelt in seine Laken, entweder zitternd vor Kälte oder in Schweiß gebadet. Seine Haare kleben an seinen Schläfen. Seine Wangen schwitzen. Sein Mund ist verschleimt. Seine Brust glüht. Die Venen an seinen Armen sind angeschwollen. Seine Bewegungen sind verlangsamt. Manchmal wird sein Körper von einem Stoß erschüttert, als wolle er gegen dieses Dahinsiechen ankämpfen. Sein Stumpf schmerzt ihn. Der Verband muß häufiger gewechselt werden. Ich lege ihm ein feuchtes Tuch auf seine Stirn und versuche, damit das Fieber zu senken. Wir haben den Arzt, Doktor Beaudier, aus Attigny rufen lassen. Er war erschrocken über seinen Zustand, auch wenn er sich vor unserem Kranken nichts anmerken ließ. Er hat uns geraten, ihm weiter Morphium zu geben. Er versichert, nur die Zeit, die sein bester Verbündeter sei, könne ihn heilen, und er rät uns zu Geduld. Wir schenken ihm Glauben. Wir können nichts anderes tun.

Natürlich mache ich mir Vorwürfe. Ich bin überzeugt, daß unsere leichtsinnige Fahrt vom Samstag die Ursache für seinen Rückfall ist. Dieser Ausflug, nur wenige Tage nach der langen Reise, die er von Marseille zu uns durchstehen mußte, war eine Dummheit. Ich hätte es wissen müssen.

Aber ich war so glücklich, als ich bemerkte, daß es ihm besser zu gehen schien, und ich hielt es für eine ausgezeichnete Idee, ihn unsere gute Landluft atmen zu lassen. Wie dumm von mir! Ich könnte mich ohrfeigen.

Arthur dagegen behauptet, die unerträgliche Feuchtigkeit dieses winterlichen Sommers sei daran schuld, daß sich seine Qualen vergrößerten, die Kälte schleiche sich in sein verstümmeltes Bein, der Regen hinterlasse seine Spuren im Fleisch seines Stumpfs, das Wasser dringe durch die blutdurchtränkten Kompressen.

Unsere Mutter gibt keine Erklärungen. Sie schweigt. Aus ihrer so offensichtlich zur Schau getragenen Resignation entnehme ich jedoch, daß sie seine zunehmende Schwäche der Krankheit zuschreibt, die ihn befallen hat. Selbst wenn sie es nie zugeben wird, ist sie davon überzeugt, daß die Amputation das Fortschreiten der Krankheit nicht aufhalten konnte, daß das Geschwür Metastasen bildet, die nach und nach seinen ganzen Körper erfassen werden. Es liegt in ihrer Natur, keine Hoffnung aufkommen zu lassen, sich immer das Schlimmste auszumalen, an keinerlei Besserung, an keine mögliche Heilung zu glauben.

In manchen Augenblicken sind seine Schmerzen so stark, daß er nicht anders kann, als in seine Laken zu beißen, mit den Fäusten auf seine Matratze einzuschlagen, mich laut schreiend zu Hilfe zu rufen. Das Morphium tut rasch seine Wirkung. Er fällt dann wieder in eine merkwürdige Apathie zurück. Ich sehe, wie er verstohlen seinen Stumpf betrachtet. Er fragt sich, und ich frage mich mit ihm, wie die nächsten Prüfungen aussehen werden.

Dienstag, 28. Juli

Trotz seiner Erschöpfung, trotz dieser ungeheuren Müdigkeit, die ihn schwanken läßt, die ihm selbst auf der Bettkante Schwindel verursacht, die das Sehen beeinträchtigt, seine Augenlider anschwellen läßt, seine Wimpern verklebt und seine extreme körperliche Schwäche noch verstärkt, gelingt es ihm nicht zu schlafen. Auch die Dunkelheit bringt ihm keinen Schlaf, keine Erholung. Er liegt die ganze Zeit wach da und starrt in die Finsternis. Nachts sehe ich durch die halboffene Tür den schrecklichen Glanz seines glühenden Blicks.

Heute morgen plagen ihn erneut die Schmerzen in seinem Arm. Und ausgerechnet für heute morgen hat er sich vorgenommen, eine Mitteilung an einen seiner in Abessinien zurückgebliebenen Geschäftspartner zu verfassen. Nun wird dies plötzlich zu einer äußerst schmerzhaften Übung. Ich sehe, wie er seine Feder umklammert, wie er sich zum Schreiben zwingt. Er möchte, daß das Schreiben den Schmerz überwindet, daß es stärker ist als der Schmerz. Er möchte, daß die Worte durch nichts gehindert werden, daß sie keinen Widerstand erfahren. Er denkt offenbar, die Worte befänden sich auf der Seite des Lebens. Wie damals, als er sechzehn war.

Und doch ist er kaum in der Lage, die Bewegung seines Handgelenks, die Krümmung der Finger um die Feder, den Druck zwischen Zeigefinger und Daumen zu beherrschen, als würde eine Eisenstange seinen Arm von der Schulter ab in ganzer Länge durchbohren. Es ist ihm fast unmöglich, auch nur die kleinste Bewegung ohne eine fürchterliche Grimasse, ein entsetzliches Grinsen auszuführen.

Ich betrachte die Buchstaben, die er auf das Blatt malt, das ich ihm gebracht habe. Selbst entstellt durch ein gräßliches Zittern oder eine momentane Lähmung erkenne ich sie. Ich erkenne das »d«, das sich in einer verschnörkelten Bewegung nach hinten windet, das »t«, das aussieht wie ein Kreuz, das auf den zu Kreuzigenden wartet, das »e«, das abbricht, wenn es am Ende eines Wortes steht, die Akzente, die wie Blutspritzer aussehen, die Interpunktion, die gewalttätig wirkt, die Unterstreichungen, die von Hartnäckigkeit und Ungeduld zeugen, die Majuskeln, denen er ihre Majestät zurückgibt. Ich erkenne den Klang seiner Stimme im Rhythmus des Satzes. Ebenso wie ich seinen Atem in den Abständen zwischen den Worten höre.

Als er seinen Brief beendet hat, nehme ich seine rechte Hand in meine Hände, ich halte sie lange, ich versuche vergeblich, die grausamen Krämpfe zu beruhigen.

Man muß sich vor Augen halten: In Wirklichkeit verliert er die Fähigkeit, seinen Arm zu gebrauchen. Die Krankheit, die ihn niederwirft, ist die Verbündete des Schweigens.

Die teilnahmslos hingekritzelten Worte in diesem Brief, der an einen französischen Kaufmann in Afrika gerichtet ist und den ich bald zur Post nach Attigny bringen werde, gleichen zum Verwechseln denjenigen, die er uns schrieb, als er selbst seinen Handelsgeschäften jenseits des Meeres nachging. Verhaltensregeln, allgemeine Betrachtungen, Vorwürfe. Man müßte sich große Mühe geben, wenn man darin eine Spur von Affekt entdecken wollte. Wo sind nur die Verse früherer Tage geblieben?

Ich weiß, daß ich ein Tabu in unserer Familie breche, wenn ich diesen jugendlichen Spleen heraufbeschwöre. Aber soll man andererseits totschweigen, daß Arthur einmal Gedichte geschrieben hat? Er beschritt unsichere Straßen und schmutzige Wege, in der Kälte und mit leerem Magen, aber er sah die Sonne. Er kam dreckig und armselig daher, seine Taschen hatten Löcher, aber er hielt sich für den reichsten Menschen der Welt. Er ging unbekümmert und unbeschwert auf gut Glück seiner Wege, er suchte die Ekstase in der Flucht und trug gleichzeitig erdrückende, strahlende Trauer. Er ging von Blitzen geführt dorthin, wo kein anderer vor ihm war, und er schwebte über Abgründen. Die Worte kamen, ohne daß er es ihnen befahl. Das versichert er, und ich glaube es ihm. Was bleibt von dem allen? Erkaltete Asche.

Donnerstag, 30. Juli

Ich zögere ein wenig, ehe ich Arthur vorschlage, gemeinsam das Album mit den Photos aus unseren Kindertagen durchzublättern. Ich weiß, wie sehr er vor jeder nostalgischen Regung zurückschreckt, und ich befürchte, daß dieses Heraufbeschwören der Jugendjahre nur das Gefühl dafür in ihm verstärkt, daß die Zeit unwiderruflich verstreicht. Ich habe auch Angst, daß ihm diese Rückkehr in die Vergangenheit die Realität seiner Gegenwart schwerer erträglich macht.

Wenn ich es trotzdem wage, wenn ich das alte Album auf die sauberen Bettlaken lege, die ich frisch aufgezogen habe, während er sich rasierte, dann deshalb, weil ich daran glaube, daß die Erinnerung an Glück niemandem weh tut.

Man kann eigentlich nicht von einem Album sprechen. Es handelt sich vielmehr um eine Ansammlung vergilbter Abzüge, die in einer Mappe aus braunem Papier liegen, um Bilder, die von der Feuchtigkeit angegriffen und an den Rändern verfault sind, zumindest einige von ihnen. Auf letzteren könnte man meinen, die Fäulnis habe sich der Gesichter bemächtigt, habe sie verzehrt. Die Abzüge sind nicht datiert, nicht geordnet. Keinerlei Chronologie wird eingehalten. Für diese Unordnung und diese Stockflecken ist natürlich die Zeit verantwortlich. Aber was haben wir getan, um dem entgegenzuwirken?

Arthur äußert seine Verwunderung über meinen Hang zur »Exhumierung von Leichen«. Und dann bricht er in ein Riesengelächter aus. »Aber nein, Isabelle, wir sind nicht tot. Laß doch die Mundwinkel nicht so hängen. Ich mache nur einen Scherz.« Arthur scherzt also über unsere verlorene Jugend.

Plötzlich wird seine Aufmerksamkeit von einem Porträt gefesselt, an das er keinerlei Erinnerung mehr hat. Seine Augen mustern das Bild, ohne es wiederzuerkennen. Als ob es sich um eine Szene handelte, die ihm vollkommen fremd, ganz und gar unbekannt sei, obwohl kein Zweifel daran besteht, daß das Kind, das da vor der Kamera posiert, er selbst gewesen ist. Und dieses andere Kind an seiner Seite, dieses unähnliche Double, ist Frédéric, der ältere Bruder, der heute ebenfalls nichts mehr von diesem furchtsamen Knaben an sich hat, der hier den Blicken des Photographen ausgesetzt ist.

Wer war im übrigen der Photograph? Ein würdiger Greis mit einem elegant geschnittenen Bart, feingliedrigen Händen, gewandten, fast weiblichen Gesten, ein zittriger Weichling? Ein altersloses, rotgesichtiges Schwein, das Kinder gerne auf seinen fetten Schenkeln hüpfen und gegen seinen dicken Bauch prallen ließ? Ein ungeschickter junger Anfänger, der ein wenig zerstreut war, aber dessen Augen leuchteten, als versuchte er, hinter das bloße Äußere der Dinge zu schauen? Wahrscheinlich keiner von diesen. Jede Gedächtnisanstrengung ist vergeblich.

Arthur vermutet, daß sie warten mußten, daß man ihnen verboten hatte, sich zu bewegen, und daß man sie dann aufforderte, zu lachen. Sicher ist er sich hingegen, daß die Mutter die Idee zu einer solchen Sitzung hatte. Sie war bestimmt der Ansicht, es handle sich dabei um eine der Pflichtübungen der Kindheit, um einen dieser Bräuche, denen zu entkommen »in guten Familien« undenkbar ist. Daran erinnert er sich nach und nach, zusammen mit dem Bild der Mutter. Er meint, sie zu sehen, mit hocherhobenem Kopf, aufgerichtetem Nacken, stolz und autoritär. Sie hatte bestimmt ins einzelne gehende Nachforschungen angestellt, um einen Künstler ausfindig zu machen, der in der Lage war, ihr eine sorgfältige Arbeit und größtmögliche Aufmerksamkeit zu garantieren. Sie hatte sicher den Preis ausgehandelt »wie eine Mittellose, eine Notleidende, eine Xanthippe, du kennst sie ja«. Sie hatte sicher »geschrien, sich empört, sich geziert«. Ich kann ihm so lange ich will entgegenhalten, daß er sich reinen Unterstellungen im Hinblick auf unsere Mutter überläßt, er ist fest überzeugt, daß dieser Sitzung ein »übles Feilschen« vorausging, »das ihm im Nachhinein noch die Schamröte ins Gesicht treibt: Mutter hat immer peinliches Aufsehen erregt«.

Ich will diese Unterhaltung, die mich verwirrt, die ich ungerecht und unangebracht finde, nicht fortsetzen. Ich möchte lieber die beiden Jungen am Tag ihrer Erstkommunion, in ihren schwarzen Anzügen und mit dem weißen Band um den linken Arm, anschauen. Für mich ist das ein Bild der Andacht. Und die verschlossenen, gefaßten, ernsten Gesichter, die sie haben, sind die großer Ereignisse, die von Momenten, in denen Grenzen überschritten werden. Die beiden Brüder stehen im Begriff, die Kindheit zu verlassen, erwachsene Menschen zu werden. Von nun an erwartet sie etwas anderes. Diesen Moment des Übergangs hat der Photograph festgehalten, festgebannt.

Arthur seinerseits behauptet, Frédéric und er sähen aus wie kleine, ängstliche Soldaten unter den prüfenden Blicken ihres Korporals, der Mutter, die hinter der Schulter des Priesters alles beaufsichtigt und dabei nachrechnet, ob man ihr genug für ihr Geld gibt. Er nimmt nur die Furcht und den Gehorsam wahr, das, wozu die Mutter sie gemacht hat: Marionetten. Er sieht die Tränen, die er unterdrückt und die sich nicht aufhalten lassen wollen, er sieht das Zittern seines Körpers, das er beherrschen will. Er sieht die stumme Rebellion, die offensichtliche Resignation, die die aufsteigenden Aggressionen überspielt, den tadellosen Anzug, der ihm die Lumpen der Jugendjahre in Erinnerung ruft. Er sieht die gescheitelte Frisur, der später das wirre Haar folgte, die geschlossenen Fäuste, die die Innenhaut der Hände blutig pressen, den harten Blick, der Verachtung ausstrahlt. Er behauptet, es handle sich keineswegs um ein Bild der Andacht, sondern um eine Momentaufnahme des Hasses.

Ich lasse ihn reden, ohne ihn zu unterbrechen. Ich wage nicht, ihn zu unterbrechen. Ich begreife, daß dieses Gift heraus muß, daß der ganze angesammelte Groll sich entladen muß, daß es nichts nützt, die Flut seiner Rachegefühle einzudämmen. Ich verstehe seine Verbitterung, seine Gereiztheit, seine Aggressivität jetzt besser. Und als ich mich umdrehe, um ihn zu betrachten, kann mir der Ausdruck des Ekels, der sein Gesicht verzerrt, nicht entgehen.

Mit Beklemmung reiche ich ihm ein anderes Photo. Meine Hand zittert etwas, aber es wäre schlimmer als alles andere, jetzt innezuhalten. Ich muß weitermachen, tun, als wäre nichts. Ich darf nicht schwach werden, nicht in Ohnmacht fallen.

Er sieht das Photo an. Oder vielmehr, er erforscht es. Er erforscht das Gesicht des jungen achtzehnjährigen Mannes, die ungeheure Gutmütigkeit des Ausdrucks, die ihm wie eine Heuchelei vorkommen muß und die meine Bewunderung erregt. Da ist auch die Klarheit des Blicks, seine Offenheit, während er nur nach den Schatten sucht. Und da ist die ungebärdige Unschuld: Ich klammere mich an die Unschuld, wo er sich nur an die Ungebärdigkeit erinnert.

Ich stelle fest: »Ein sehr schöner junger Mann.« Ich sage nicht: »Du warst sehr schön.« Ich verknüpfe nicht seinen Namen mit meinem Urteil. Ich halte mich an eine fast unpersönliche Formulierung, als wollte ich diese Schönheit nicht mit ihm in Verbindung bringen, als spräche ich von einem anderen als von ihm. Und ich schaffe es, nicht die

Vergangenheit zu gebrauchen, damit ja nicht der Gedanke aufkommt, diese Schönheit sei geschwunden, verblüht, verdorben. Ich fürchte seine Reaktion.

Er antwortet nichts. Er hält das Bild in der Hand. Er zittert nicht. Er sucht etwas, und ich weiß nicht, ob es sich um eine Wahrheit oder eine Lüge handelt.

Diesmal erinnert er sich an den Photographen und sogar an seinen Namen: Étienne Carjat. Der Moment, als diese Aufnahme gemacht wurde, ist ihm völlig gegenwärtig. Alles kommt ihm wieder. Diese Distanz, die man für Schwermut halten könnte, war vor allem Nervosität. Dieser ausweichende, in die Ferne gerichtete Blick war Ausdruck eines Unbehagens, dessen Ursache er vergessen hatte, vielleicht einer Unbequemlichkeit. Diese Engelhaftigkeit, die er ausstrahlt, war Ironie, eine Art und Weise, seine Umwelt zu täuschen. Diese leichte Arroganz um seine Mundwinkel war sein Wille, die Selbstbeherrschung, die Haltung vor dem Photographen zu bewahren. Dieses Fehlen von Unebenheiten ist auf jeden Fall ein Zeugnis strahlender Jugend, ein Triumph. Was genau hat Étienne Carjat gesehen?

Am Ende erinnere ich mich, daß dieses fast unsichtbare Zucken, das manchmal über seine Lippen huschte und das ihn den anderen entfremdete, ebenso wie das trotzige Aufleuchten seiner Augen, dem Schuldirektor heftig mißfallen und ihn zu der Äußerung veranlaßt hatte, mit Arthur werde es »ein böses Ende nehmen«. Er täuschte sich. Er täuschte sich, nicht wahr?

Gegen Ende unseres armseligen Bilderhaufens wundert sich mein Bruder, daß ich so selten auf den Photos der Kindheit zu sehen bin. Ich sage: Ich bin zu spät auf die Welt gekommen.

Als wir fertig sind, schlage ich ihm vor, dieses Album zu vervollständigen; schon zu viele Jahre sind vergangen, ohne daß wir Erinnerungen darin festgehalten haben. Zunächst betrachtet er mich ohne ersichtliche Reaktion. Und dann fragt er mich, ob ich einen Photographen kommen lassen wolle, um ihn auf seinem Folterbett zu verewigen. Und er lacht ein sarkastisches Lachen. Ich antworte ihm, daß ich eher daran gedacht habe, sein Porträt anzufertigen. Sogleich zeigt er sich beschwichtigt. Er sieht ein, daß sein Scherz wohl unangebracht war. Sofort stellt er sich mir zur Verfügung, ohne allzuviel Widerwillen zu zeigen. Ich hole mir ein Blatt Papier und einen Kohlestift und zeichne ihn in einem orientalischen Gewand, mit einer abessinischen Harfe in der Hand. Als ich ihm die fertige Arbeit zeige, bricht er in ein tiefes Lachen aus, das direkt aus der Kindheit aufsteigt.

Mit diesem Lachen kehren für mich die glücklichen, leichten, sorglosen Stunden zurück, die ruhigen, heiteren Tage vor dem großen Durcheinander, vor der Zeit der Unordnung und der Maßlosigkeit.

Freitag, 31. Juli
Ich bereite ihm Kräutertee mit Mohn. Doktor Beaudier versichert, das könne ihm nur guttun. Arthur seinerseits behauptet, es sei bloß ein Hausmittel. Trotzdem leugnet er nicht, daß mein Tee bewirkt, daß seine stechenden Schmer-

zen spürbar nachlassen und er davon in eine sanfte Wärme eingehüllt wird, wie früher durch die Bettdecke, wenn es draußen kalt war. Er macht sich einen Spaß daraus, mich glauben zu lassen, die Substanzen, die im Mohn enthalten sind, würden vor seinen durch die Erschöpfung geröteten Augen phantastische Visionen hervorbringen. Er versichert, daß ich, ohne es zu wollen, einen Zaubertrank entdeckt hätte, daß meine Aufgüsse »fabelhaft« seien. Ich bemerke jedenfalls, daß er mir gegenüber besser gestimmt ist. Der Tonfall seiner Stimme wird weniger sarkastisch, entgegenkommender. Ich empfinde deutlich eine Art Entspannung, eine Lockerung, als würde ein Schraubstock gelöst. Gewiß, seine Freundlichkeit ist etwas vage, etwas gedämpft. Sie entschlüpft ihm eher, als daß er sich dazu entschließt, möchte man meinen. Aber ich bin damit zufrieden. Zum erstenmal beobachte ich ein Lachen, fast einen Ausdruck von Glück an ihm.

Bewirken meine merkwürdigen Aufgüsse etwa, daß er bereit ist, sich zu öffnen, wenn auch nur in Grenzen? Sie hinunterzustürzen, scheint ihm tatsächlich die Zunge zu lösen. Nicht immer verstehe ich, was er sagt. Aber wenigstens spricht er. Er bricht das Schweigen, das Eis in seinem Innern. Er erzählt mir, daß er in der Jugend andere Ufer und andere Ausdrucksmöglichkeiten gesucht habe. Er wollte sich dem Unbekannten so weit wie möglich nähern, wollte über alle menschlichen Gefühle hinausgelangen. Er sehnte sich danach, sich auf einem unberührten Gelände wiederzufinden, auf dem noch alles zu entdecken war. Er durchforschte das Unsichtbare, das Unergründbare. Er war bereit zu allen Erfahrungen und Opfern, in der Hoffnung, dadurch dorthin zu gelangen, wo bisher niemand hingelangt war. Für Augenblicke, bruchstückhaft, sei ihm dies gelungen. Er habe sich den Weg bis in unerforschte Gegenden gebahnt, um den Preis eines wüsten Lebens, das er nicht bereue, das ihn an den Rand von Abgründen geführt habe, aber das im Nachhinein nur einen bitteren Geschmack des Unabgeschlossenen, Unvollendeten und vielleicht Nutzlosen in ihm hinterlasse. Dieses Kauderwelsch bringt mich aus der Fassung, selbst wenn ich ahne, daß sich darin ein Kern tiefer Wahrheit verbirgt.

Plötzlich bricht er in Lachen aus. Er sagt, im Grunde sei es unnötig, so viele Anstrengungen zu unternehmen, um eine solche Schrankenlosigkeit zu erreichen. Meine opiumhaltigen Pflanzen und das Morphium »erfüllten denselben Zweck«. Und dann fällt er unvermittelt in einen nicht vorauszusehenden Erschöpfungszustand zurück. Ich trockne seine schweißüberströmte Stirn mit einem Schwamm.

Später, im Zustand einer Art Delirium, in dem er nicht bei Bewußtsein zu sein scheint, murmelt er, er habe im Gefühl des Taumels geschrieben. Während kurzer und lichtvoller Augenblicke habe er Welten erfunden. Sofort erinnere ich mich an eines seiner Gedichte, das, glaube ich, den Titel *Das trunkene Schiff* trug: Er hatte zu der Zeit das Meer noch nie gesehen.

Samstag, 1. August
Die Kälte schwindet nicht. In unserem dem Wind von allen Seiten ausgesetzten Land, nur wenige Kabellängen von Belgien entfernt, das uns den Nordwind bringt, ist mitten im August Winter. Der Reif am Morgen gleicht dem vom Februar. Der Himmel ist von einem Grau, das für gewöhnlich Schnee ankündigt. Der Nebel auf den Feldern, die uns, soweit das Auge reicht, umgeben, löst sich nur schwer auf. Die Bauern gehen mit Kopfbedeckung, sie fürchten, es könnte regnen. Wir werden uns an diesen Sommer erinnern.

Arthur sitzt trotz der unwirtlichen Temperaturen im Garten. Er fröstelt. Auf der Oberfläche seiner Haut erscheinen Pünktchen. An seinen Unterarmen richten sich die Härchen auf. In regelmäßigen Abständen zittert er heftig, und sein Körper schüttelt sich, um das drohende Steifwerden zu verhindern. Von der Türschwelle aus ruft ihm unsere Mutter zu, daß er sich »den Tod holen wird«. Ich höre ihn brummen: »Das ist schon geschehen.«

Er setzt sich ostentativ auf die Steinbank, die Vitalie bevorzugte, während die bequemeren Stühle unter den Linden stehen. Der Stein kühlt sein Gesäß aus, aber er versichert, er wolle keinen anderen Platz. Daran, daß er, trotz meiner

Ermahnung, wieder ins Haus zu kommen, auf diesem unbequemen Sitz ausharrt, erkenne ich, daß er unserer verstorbenen Schwester Treue erweisen will. Orte sind auch Bande. Und sie sind unser Gedächtnis.

Ich erinnere mich, daß Arthur beim Tod Vitalies unter äußerst heftigen Kopfschmerzen, Übelkeit und Erbrechen litt, genau wie heute. Zweifellos gibt es Ereignisse, die einen größeren Einfluß auf unseren Körper haben als die Schläge, die uns treffen, oder die Metastasen, die ihr schmutziges Werk vollbringen. Nach einigen Tagen hatte er versucht, dem betäubenden Schmerz, dem Wahnsinn, der lebensbedrohlich in ihm aufstieg, zu entkommen, indem er sich den Kopf rasierte. Er hatte das Bedürfnis verspürt, sich zu erleichtern, auch, sich zu verändern. Diese Provokation war seine Art, seine Trauer zu bewältigen. Als er mit seinem kahlen Schädel vor mir stand, brachte ich kein Wort heraus. Das Entsetzen hat mich nicht verlassen.

Ich sehe genau, daß er auf seiner kleinen Steinbank an sie denkt. An Vitalie. Und an diese eindeutige Tatsache: daß man seine Toten nie los wird.

Und wenn ich sterben würde, empfände er dann denselben Kummer? Nein, bestimmt nicht. Ich habe nicht das Glück, im schönsten Alter dahingerafft worden zu sein. Ich bin am Leben geblieben, ich habe weitergemacht, ich bin in die Fußstapfen meiner Mutter getreten, ich habe die Ärmel hochgekrempelt, ich bin vorzeitig gealtert, ich habe mich daran gewöhnt, das zu tun, was man von mir erwartet. Und noch heute bemühe ich mich, so zu handeln, wie es sich gehört. Dieses Bestreben stellt mich unwiderruflich auf die Seite der Unauffälligen, in den Schatten, während Vitalie auf die Sonnenseite gehörte und strahlte. Und ihr Tod hat diesen Glanz nur noch dauerhafter gemacht, er hat ihm Ewigkeit verliehen. Es besteht kein Zweifel, ich bin dazu verdammt, glanzlos, fast unsichtbar zu bleiben. Aber Arthur wird nicht die Gelegenheit haben, keinen Kummer über meinen Tod zu empfinden: Er wird vorher sterben.

Sonntag, 2. August
Ich bedauere die Worte, die ich gestern in dieses Tagebuch geschrieben habe. Trotzdem lösche ich sie nicht. Diese Worte sind auch ein Teil von mir. Diese entsetzliche Bitterkeit habe ich wirklich gefühlt. Es wäre nicht anständig, sie zu leugnen. Das Böse steckt in jedem von uns, das glaube ich fest. Und wir müssen es unermüdlich bekämpfen, jeden Augenblick. Denn nur so verdient man sich seinen Platz im Paradies.

Während der Messe bitte ich Gott im stillen um Vergebung. Die geschlossenen Augen auf den Steinboden gesenkt, auf dem harten Holz kniend, mit gefalteten Händen, rufe ich sein Erbarmen an. Als ich mich endlich erhebe, sehe ich die glänzenden Augen, mit denen Sidonie Albinier mich ansieht: Mir scheint, daß sie meine ganze Verworfenheit erkennt. Und daß sie mir zu sagen versucht, ich solle deshalb nicht zerknirscht sein.

Als ich von der Kirche auf der Landstraße von Attigny heimkomme, sehe ich von weitem, daß Arthur schon wieder im Garten sitzt. Diesen Morgen hat er sich glücklicherweise für den Korbsessel entschieden. Die Zweige der Linden bewegen sich und lassen das Sonnenlicht durchscheinen. Sein Gesicht ist von Licht und Schatten gestreift. Seine Augen sind halb geschlossen. Es könnte ein friedlicher, angenehmer Moment sein. Sein verstümmeltes Bein ist unter einer Decke verborgen.

Auf dem Weg erkenne ich eine Gestalt, die in meine Richtung geht, die sich unserem Hof nähert und die noch vor mir dort sein wird. Arthur, dessen Aufmerksamkeit zweifellos durch das Geräusch der langsamen Schritte geweckt worden ist, dreht sich um, um zu sehen, wer kommt. Ja, er muß das Knirschen der Füße auf dem Boden der Allee gehört haben. Es ist bestimmt ein Spaziergänger. Ein Bauer würde seine Zeit nicht auf diese Weise vertrödeln, sein Schritt wäre schwerer und eiliger. Die Umrisse des Spaziergängers zeichnen sich vor der grün-blauen Kulisse dieser Ardennenlandschaft ab, über die der Sommer endlich Farben ausgießt. Der Körper ist schmächtig, fast mager, die Kleidung unbestimmt. Je näher er kommt, desto deutlicher erkennt man ihn: Es ist ein junger Mann, vielleicht sechzehn Jahre alt, mit struppigen Haaren, einem makellosen Gesicht ohne Unebenheiten, klaren Augen und von großer Unbekümmertheit.

Der Halbwüchsige bemerkt Arthur in seinem Sessel. Er scheint langsamer zu gehen. Vielleicht hat er gerüchteweise von einem Mann gehört, der aus Afrika in das Land seiner Geburt zurückgekehrt ist. Hat gehört, daß dieser Mann ein strahlender Dichter war oder ein angesehener Kaufmann, und daß er nun ein armseliger Krüppel ist. Vielleicht kommt er zum Jahrmarktsspektakel, um das Wundertier zu besichtigen. Aber nein. Tatsache ist: Der Junge weiß offensichtlich nicht, wer unser Kranker ist. Sein Blick legt sich wie eine Frage auf ihn. Er betrachtet ihn mit der größten Unbefangenheit. Und ich bin ihm fast dankbar für diesen unschuldigen Blick. Er weicht nicht zurück. Er macht keinen erschreckten Eindruck.

Es ist an Arthur, der mich noch immer nicht gesehen hat, ihn auszuforschen. Ich befürchte, daß ihn die triumphale Jugend des anderen, seine strahlenden sechzehn Jahre, seine unverschämte Gesundheit verletzen. Ich habe Angst, daß er die Jahre ermißt, die sie trennen, ein Abgrund. Der andere steht erst am Anfang seines Lebens, während mein Bruder einem Greis ähnelt.

Aber etwas anderes ereignet sich. Arthur erkennt in der Erscheinung des jungen Mannes denjenigen wieder, der er in dessen Alter war: Ich bemerke es schlagartig. Der Spaziergänger ist wie ein Phantom, das gekommen ist, ihm seine Jugend wiederzubringen. Ich errate an seinem Gesicht, in dem Röte aufsteigt, daß sein Herz schneller schlägt und ein Schmerz seine Brust zusammenpreßt.

Der Junge hat seine Schritte so verlangsamt, daß er nun fast zu stehen scheint. Mir wird bewußt, daß ich mich hinter einem Baum versteckt habe, um bei dieser Szene dabeizusein. Ich könnte vorgeben, ich wolle sie nicht stören, aber ich muß gestehen, daß es sich um eine vielleicht krankhafte, in jedem Fall aber unpassende Neugier handelt. Ich verberge mich weiter vor ihren Blicken. Ich beobachte sie.

Und plötzlich verstehe ich alles. Ich verstehe, daß das, was sie in diesem Augenblick vereint, der Wunsch, ein Verlangen ist, sich näherzukommen. Sie befinden sich voreinander, erregt und schamlos, erfüllt von einer schändlichen Begierde. Arthur ist an seinen Sitz gefesselt, er wartet, er ruft stillschweigend. Tatsächlich fehlt nur wenig, ein Wort würde genügen, und schon würde der junge Mann über den Zaun vor unserem Hof springen und zu ihm eilen. Da verlasse ich mein Versteck, ich erscheine unvermittelt, und beide drehen sich im selben Moment nach mir um. In den Augen meines Bruders funkelt Zorn, aber er beruhigt sich sofort, und das Schuldgefühl gewinnt die Oberhand. Der Junge senkt den Kopf und geht weiter. Diese ebenso unerwartete wie verdammenswerte Vertrautheit ist beendet. Ich habe Ordnung geschaffen.

Ich gehe auf Arthur zu und erinnere mich an seine früheren Liebschaften, die uns so viel Unruhe bereiteten und so viel Leid verursachten. Ich denke, das Leben und die Prüfungen, die es uns bringt, löschen die Jugendfehler nicht aus. Ich gehe wortlos ins Haus.

Als ich mich unter der Tür befinde, den Rücken dem Garten zugewandt, höre ich, wie er sagt: »An die Schmerzen des Körpers könnte ich mich am Ende gewöhnen, ich könnte sie zu meinem Gefährten machen. Ich werde sie bezwingen oder sie werden mich wegtragen. Aber an die Schmerzen des Herzens gewöhnt man sich nie. Sie sind schleichend. Und viel verheerender. Verurteile mich nicht zu schnell.« Ich antworte ihm nicht.

Montag, 3. August

Ich bemühe mich, ihm vorzulesen. Ich sehe gut, daß ich ihn manchmal langweile und daß er, während ich lese, den Himmel durch sein Zimmerfenster betrachtet, aber so lange er mich nicht bittet, eine Pause zu machen, fahre ich fort. Ich helfe ihm so gut ich kann, durch den Tag zu kommen.

Er stößt Flüche aus, wenn ich ihm Gedichte vorschlage. Er schreit mich an, er weigere sich, derartige Albernheiten anzuhören. Gedichte bringen ihn auf, sie machen ihn fast rasend. Ich nehme an, daß seine Vergangenheit an diesen

Wutausbrüchen schuld ist, auch wenn er mir versichert, es läge nur an den Gedichten, die ich auswähle. Er versichert mir, er habe früher auf solche Verse »gepißt«, und wenn er noch seine beiden gesunden Beine hätte, würde er sich wieder hinstellen und auf diese »unwürdigen Blähungen« pissen. Seine Verachtung für die Mittelmäßigkeit und den Schwulst hat nicht abgenommen. Seine beleidigenden Äußerungen zeigen dies in aller Deutlichkeit.

Auch wenn ich diese Beschimpfungen, die meine Ohren verletzen, nicht mag, höre ich ihm zu, wie er sie herauswürgt, ohne ihn zum Schweigen zu bringen, denn sie sind das Zeichen dafür, daß das Leben noch nicht ganz aus ihm entwichen ist.

Die Romane, die ich ihm vorschlage, sind ihm zu süßlich, zu weiblich. Er hat die Romantik nie geschätzt. Und er verachtet diese »Augenblicksliteratur«, die ebenso schnell vergessen werde, wie sie konsumiert wird. Er glaubt, daß die Geschichte nur den Ernst, die Verzweiflung oder die Schwermut bewahrt. Seiner Meinung nach wird das Leichtgewichtige weggefegt. »Rosenwasser hält sich nicht: Nur an Blut erinnert man sich.«

Während ich mich konzentriere, spüre ich, daß er mich betrachtet. Was beobachtet er? Die Bewegung meiner Lippen? Meine porzellanene Gesichtsfarbe, auf der die Schüchternheit manchmal einen rötlichen Schimmer hervorbringt? Meine klaren Augen, die die seinen sind? Meine durch die Arbeit auf dem Hof verunstalteten Bäuerinnenarme? Meine in einem billigen Kleid zusammengepreßten Brüste? Was sucht er? Die Kindheit, die wir geteilt haben und die gar nicht so unglücklich war? Die Erinnerung an eine andere Frau, die er geliebt hat? Sieht er in mir die, die ihm die Augen schließen wird?

Wie, wenn diese Augenblicke der Lektüre unsere erste wirkliche Vertrautheit entstehen ließen? Wenn sie mit feinem Stift das geschwisterliche Band zeichneten, das zu erproben wir nie Gelegenheit hatten? Wenn sie den Wunsch in uns weckten, die verlorene Zeit nachzuholen, selbst wenn sie sich nicht nachholen läßt? Ach, es wäre schon nicht schlecht, wenn sie die heftigen Schmerzen in seinem Beinstumpf beruhigen würden.

Dienstag, 4. August
Genau zwei Wochen lang stütze ich jetzt diesen schwankenden Körper. Ich trage seinen leidenden, kraftlosen Körper in meinen Armen. Ich bin bei ihm, wenn er ausgeht, ich bewache jeden seiner Schritte; ich führe und geleite ihn überall hin, wo er hin will; ich helfe ihm jedesmal, wieder heimzukommen, die Treppe hinauf- und hinunterzugehen; ich halte Stolpersteine und Hindernisse von seinem einzigen Bein fern. Ich richte seinen Sessel, sein Bett, seinen Tisch. Bissen um Bissen füttere ich ihn. Ich hebe die Tasse an seinen Mund, um seinen Durst zu stillen.

Ich verfolge aufmerksam den Lauf der Stunden und der Minuten. Zur vorgeschriebenen Zeit verabreiche ich ihm jedes der verordneten Medikamente: wie viele Male täglich! Den Tag über versuche ich, ihn von seinen Gedanken und seinen Schmerzen abzulenken. Die Nächte verbringe ich an seinem Bett: Ich würde ihm gerne mit Musik zum Schlaf verhelfen, aber Musik weint immer. Mitten in der Nacht bittet er mich, hinauszugehen und den betäubenden

Mohn zu pflücken, und ich gehe. Alleine, ohne ihn, habe ich Angst. Ich beeile mich in der Dunkelheit; dann bereite ich die beruhigenden Aufgüsse, und er trinkt sie. Und die Nachtwache geht weiter, bis zum Morgen; und wenn er endlich einschläft, bleibe ich noch in seiner Nähe, um ihn zu betrachten und zu lieben und um zu beten und zu weinen. Wenn ich in der Dämmerung, ohne ein Geräusch zu machen, gehe, wacht er trotzdem sofort auf, und seine Stimme, seine teure Stimme ruft nach mir. Und sofort eile ich wieder zu ihm zurück, glücklich, ihm noch helfen zu können.

Trotzdem bin ich keine Heilige. Im übrigen verlange ich keine Dankbarkeit für das, was ich tue, denn ich halte meine aufopfernde Hingabe für eine Selbstverständlichkeit. Ich suche kein Lob und erwarte nicht, daß man mir Anerkennung zollt. Ich vergesse nie, daß meine Erschöpfung nichts ist im Vergleich mit der seinen. Ich nehme meine Bürde gerne auf mich, die angesichts seines Martyriums nichts wiegt. Was sind außerdem diese zwei Wochen neben den Monaten seiner verflossenen Leiden, neben der Leidenszeit, die vor ihm liegt? Nichts natürlich. Oder so wenig. Zu wenig.

Ich tue meine Pflicht, das ist alles. Und ich weiß, daß ich, wenn der Tag kommt, mit aufrichtigem Blick vor Gott stehen werde.

Ich knie mich vor Arthur nieder, um den aufgegangenen Verband an seinem Beinstumpf wieder fester zu wickeln. Er sagt, noch nie habe eine Frau diese Geste gemacht, diese Haltung vor ihm eingenommen. Ich schaue zu ihm hoch. Ich bin im Begriff, Mitleid mit ihm zu empfinden, denn ich mutmaße, mein Kniefall wecke die erhabensten Gedanken in ihm und die Sehnsucht nach einer Ehefrau, die an seinem Unglück Anteil nähme, aber im Leuchten seiner Augen erkenne ich Tücke und Geilheit und die abartige Erinnerung an eine abscheuliche Sünde, und das sollte eher Wut in mir auslösen. Trotzdem unterdrücke ich meinen Ekel. Ich rufe mir in Erinnerung, daß eine demütige Christin in der Lage sein muß, selbst die schwersten Lasten zu tragen und die Prüfungen, die ihr auferlegt werden, durchzustehen. Wenn mein Bruder die Absicht hat, mir das Unaussprechbare anzuvertrauen, dann ist dies der Wille des Allmächtigen. Und so, wie ich seine blutende Wunde verbinde oder seine Exkremente abwasche, werde ich ihn von seinen Sünden reinigen.

Ich bin eine Frau, die vor dem Unverständlichen kniet.

Ich schreibe dies in panischer Angst nieder. Denn gewisse Wahrheiten auszusprechen, ist offensichtlich nicht ratsam. Später werde ich alles vernichten müssen. Und alles neu schreiben. Ich werde, soweit es ihn betrifft, lügen, denn es gibt so viel zu verbergen. Ich werde einzig und allein deshalb lügen, damit sich nicht Schande und Schmach über unsere Familie, über unseren Namen ergießen. Ich werde lügen, damit sich der gerechte Zorn des Allmächtigen nicht gegen uns wendet. Ich werde seine Geschichte so darstellen, daß er rein und unbefleckt in der Nachwelt fortlebt, daß seine Dichtung für sein Nachleben sorgt. Ich werde uns vor seinen Schandtaten bewahren.

Ich erhebe mich. Ich stehe vor ihm. Es fallen folgende Worte, die ich nicht unterstreiche: »Ich will dir in keiner

Weise weh tun, Isabelle. Sei dir dessen sicher. Wenn ich dich verletze, dann gegen meinen Willen, glaub mir. Es entschlüpft mir einfach. Und plötzlich ist es zu spät. Ich kann meinen Fehler nicht wiedergutmachen. Ich ziehe es deshalb vor, nichts zu sagen, mich in mein Schweigen zu verkriechen. Der Gebrauch der Worte ist mir abhanden gekommen. Ich weiß sie nicht mehr anzuwenden. Und dann waren die Frauen auch die großen Abwesenden in meinem Leben. Verstehe, daß es mir deshalb schwerfällt, mich an eine Frau zu wenden, selbst wenn sie meine Schwester ist. Und doch bist du die einzige, zu der ich sprechen kann. Es gibt niemanden außer dir. Es gibt nur noch dich, begreifst du das? Verzeih mir im voraus alle Dinge, die für deine Ohren unverständlich sind. Denk daran, daß dein Herz sie vielleicht besser verstehen kann.«

Mittwoch, 5. August
Diesen Morgen beginnt er ohne einen äußeren Anlaß zu reden. Er fragt mich, ob ich mich an ein Gedicht erinnere, das er *Das gemarterte Herz* * genannt habe. Ich antworte ihm, daß ich keinerlei Erinnerung daran habe, aber wenn er mir vielleicht die ersten Verse zitiere ... Er unterbricht mich sichtlich erregt mitten im Satz. Er verfolgt seinen Gedanken weiter und bedauert, daß also niemand seine schmerzliche Klage, sein entsetzliches Geständnis, vernommen habe. Er behauptet, man habe seinerzeit nur seinen schönen, unschuldigen Kopf und seine hellen Augen gesehen und alles für Albernheiten eines Kindes gehalten. Einige hätten sogar darüber gelacht. Sie hätten darüber gelacht,

* Es handelt sich um das Gedicht *Le coeur volé*.

und er habe geschwiegen. Trotzdem empfindet er heute, ohne wirklich erklären zu können warum, das Bedürfnis, über das zu reden, was sich in einem der Säle in der Babylon-Kaserne während des gewaltsamen Frühlings 1871 zugetragen hat und was er in seinem *Gemarterten Herzen* schildert. Er ist zu lange mit seinem Geheimnis, mit dieser Belastung alleine geblieben. Er hat das Geheimnis anwachsen lassen, weil es ihm, indem er es zu enthüllen glaubte, nicht gelang, es zu vernichten. Er hat das Geschwür in sich wuchern lassen. Jetzt muß er den Ballast abwerfen und sich auf seinem eigenen Strandgut aufrichten.

Er versichert, er habe Sympathie empfunden für die Kommunarden, für ihren Kampf, für ihre fröhliche und gerechte Begeisterung. Deshalb habe er sich ihnen ohne Furcht angeschlossen. Er sei sich wie ihr kleiner Bruder vorgekommen. »Du gerade solltest diese Brüderlichkeit verstehen«, sagt er zu mir.

Zunächst sei der Wein durch die Kehlen geflossen, die Flaschen hätten gegeneinander geschlagen, es habe die ausgelassene Freude eines heiteren Saufgelages geherrscht. Dann sei es zu leichten Berührungen, unschuldigen Blicken gekommen, Hände hätten sein Gesicht gestreichelt, seien auf seiner Brust unter seinem aufgerissenen Hemd verweilt, es seien zärtliche Berührungen gewesen. Er habe gehört, wie sie sagten, er sähe aus wie ein Mädchen; seine Pfirsichhaut, sein sanfter Blick, seine geschmeidigen Glieder hätten ihnen offensichtlich gefallen; er habe gedacht, sie hänselten ihn.

Und plötzlich sei die Stimmung umgeschlagen. Er könne nicht sagen, wie und warum. Plötzlich sei eine Art Fieber, Erhitzung, Gewalttätigkeit aufgekommen. Sie waren zu mehreren, und er ganz alleine. Sie waren erregt, und er hat sie nicht zurückgestoßen. Sie empfanden Begierde, und er stand zur Verfügung. Im Rausch bemächtigten sie sich seines Hinterns und seiner sechzehn Jahre. In einem allgemeinen Gelächter raubten sie ihm seine Unschuld.

Jahre später noch, versichert er mir, sähe er immer wieder ihre Gesichter, sähe er sie ganz deutlich vor sich. Er höre noch ihr Lachen, den brutalen und gewöhnlichen Klang ihres Lachens, ihr Keuchen an seinem Ohr. Er höre sie im Schlaf. Die Soldaten der Babylon-Kaserne hätten ihn nie verlassen. Sie seien seit mehr als zwanzig Jahren seine Begleiter. Sie seien noch da, »im Augenblick, in dem der Tod naht.«

Ich betrachte meinen armen, meinen bedauernswerten Bruder, der stumm ist vor Angst, stumm vor Entsetzen. Ich spüre, wie Tränen über meine Wangen rollen. Ich öffne den Mund, dem kein Schrei entweicht. Ich verlasse das Zimmer, ohne mich umzusehen.

Ich bin die Unwissende, die Naive, verstehen Sie. Ich bin in die Schule gegangen, aber ich kenne mich weder mit Männern noch mit sexuellen Dingen aus. Ich werde älter, aber ich bleibe eine unerfahrene, unberührte Frau. Ich habe die Härte der Welt kennengelernt, aber ich habe mir die Unschuld und die Hoffnung erhalten. Ich liebe Gott und meinen Bruder zärtlich, aber ich habe nie die glühende Liebe erfahren. Ich glaube an die Kraft des Geistes und ich verstehe nichts von der Macht des Körpers.

Arthur hat mich nicht zufällig zu seiner Vertrauten erwählt. Er bewegt sich mit Bedacht auf jungfräulichem Boden. Er ahnt, daß ich ihm nicht widersprechen werde. Er versucht lediglich, meinen christlichen Glauben nicht zu sehr zu verletzen. Er rechnet mit meinem Mitleid. Und er nutzt sein Leiden wie einen Schutzwall. Er riskiert nichts. Das Risiko liegt ganz auf meiner Seite.

Denn die Zeit der Beichte ist nunmehr gekommen. Er beginnt, mir das Unsagbare zu sagen. Ich kann mich dem nicht entziehen. Ich muß seiner grellen Wahrheit standhalten.

Ich muß ihn anhören. Und mich verheeren lassen.

Es handelt sich um ein Vermächtnis, eine Übergabe. Arthur besteht darauf, mir seine Bürde zu übertragen. Wenn er damit fertig ist, wird seine Verwirrung in meinen klaren Augen zu sehen sein. Sein Zittern wird über meine Haut ziehen. Seine Metastasen werden sich in meinem Körper weiter ausbreiten. Sein verdorbenes Blut wird in meinen Adern zirkulieren. Seine sündigen Lieben, seine endlosen Irrfahrten, sein unverständliches Schweigen werden in meinem Gedächtnis haften.

Werde ich das, was mich erwartet, durchstehen? Wie viele Jahre werde ich brauchen, um wieder an die Oberfläche zu kommen? Wie lange Zeit werde ich niedergedrückt vom Gewicht seiner Geständnisse leben? Ich werde Haltung bewahren, das hat man mir beigebracht, aber unter der zweifellos glatten Oberfläche meiner Worte werde ich wahrscheinlich für immer zerrüttet sein.

Donnerstag, 6. August
Heute nacht ist er aus dem Bett gefallen. Mutter und ich haben ihn auf dem Boden seines Zimmers liegend vorgefunden. Als wir ihn aufhoben, schien er benommen, halb

bewußtlos. Wir hatten große Angst. Das Geräusch seines Falls hatte uns beide gleichzeitig alarmiert. Wir sind zusammen herbeigeeilt. Wir haben ihn sofort ins Bett zurückgelegt. Ich hielt ihn unter den Armen, während Mutter seinen Stumpf und sein gesundes Bein umfaßte. Auch wenn er sehr abgenommen hat, wiegt er noch immer soviel wie ein Mann.

Heute morgen versichert er, daß er sich an nichts erinnern könne. Meine Aufgüsse bewirken anscheinend nicht nur, daß er in einen Zustand künstlicher Euphorie versetzt wird: Sie lassen ihn auch die genaue Wahrnehmung seiner unmittelbaren Umgebung sowie seiner Mißgeschicke verlieren. Immerhin wacht er mit Schmerzen auf. Auf seiner linken Hüfte haben sich lila-blaue Flecke gebildet. Die Haut am Ellbogen ist aufgeschürft. Mit einem fürchterlichen Gesichtsausdruck hält er mir vor: »Eines Tages wird man meinen Körper in einen Sarg werfen wie Abfälle in den Mülleimer.«

Plötzlich wird ihm bewußt, daß ich ihn heute nacht nackt gesehen habe, denn er schläft, ohne irgendein Kleidungsstück zu tragen. In sarkastischem Ton fragt er mich, was ich beim Anblick seiner Nacktheit empfunden habe. Zunächst weigere ich mich, ihm zu antworten. Weil er jedoch nach Art eines verwöhnten Kindes nicht locker läßt, behaupte ich schließlich, ich hätte ihn kaum angesehen, das wichtigste sei gewesen, ihn wieder in sein Bett zurückzubringen, angesichts des Notfalls hätte ich an nichts anderes gedacht. Da er mir nicht glauben will, halte ich ihm vor Augen, daß der Körper meines Bruders nicht der Körper eines Mannes ist, daß ich ihn nicht als solchen betrachte. Es ist kein fremder Körper. Dennoch will er offensichtlich erreichen, daß ich zugebe, daß mich diese Nacktheit verwirrt hat, mich, die nichts von Umarmungen weiß. Da gerate ich allen Ernstes und zum erstenmal in Harnisch. Ich falte meine Arme über der Brust, ich schaue ihn mit dem Ausdruck der Verachtung an, und schleudere ihm entgegen: »Der Anblick eines Krüppels ist nicht gerade sinnlich erregend.« Er hat es nicht anders gewollt. Und nun trifft ihn, der mich herausfordern wollte, dieser Satz wie ein Faustschlag in den Plexus.

Gewiß, ich bereue meine Worte, kaum daß ich sie ausgesprochen habe, ich stammle, daß ich das nicht sagen wollte, daß er mich in die Enge getrieben habe, daß ich eine ungeschickte Formulierung gebraucht habe, die meine eigentlichen Gedanken nicht wiedergibt. Aber alles ist vergeblich, das Unglück ist geschehen. Genau in dem Augenblick sehen wir unsere Mutter im Türrahmen stehen, wir vermuten, daß sie unsere Unterhaltung mitangehört hat, daß ihr keine Silbe davon entgangen ist. Ich sträube mich, es zu sagen, aber sie scheint diesen Moment reinster Grausamkeit zu genießen, ihr stahlharter Blick beweist es. Arthur bestätigt meine entsetzliche Vermutung mit dem Ausruf: »Es liegt in unserer Familie, nicht wahr? Und es ist das, was am verbreitetsten ist: Bosheit.«

An diesem Tag öffnet er den Mund nicht mehr.

Es gelingt mir nicht, seine Beichte von gestern zu vergessen, ich bin noch immer betroffen von der Gewalt, deren Opfer er damals wurde, und davon, daß ich nichts gesehen habe, nichts zu sehen verstand. Meine Schuldgefühle verzehren mich. Und die Episode von heute morgen trägt nur noch weiter zu meinem Kummer bei. Dazu kommt, daß sein Fieber weiter steigt. Ich bin eine einfache Frau: Ich werde mit all dem, was auf mich einstürmt, nicht fertig werden, das ahne ich bereits.

Freitag, 7. August

Er versichert, es sei vor allem der trockene, gewaltige, unvorhergesehene Knall, der lähmt. Die Trommelfelle würden als erstes in Mitleidenschaft gezogen, sie sind der Ort, wo die Mißhandlung zunächst einsetzte, wo der Schmerz spürbar werde. Dann steigt der Geruch in die Nase, ein stechender Brandgeruch, der bewirkt, daß man das Gesicht wegdrehe. Es sei zwar nur ein Funke, aber man glaube an eine Feuersbrunst, die alles verzehrt, eine gigantische Feuersbrunst in wenigen Zehnteln einer Sekunde. Denn alles passiere ganz schnell. Man habe kaum Zeit, es wahrzunehmen. Dann springe einem das Rot in die Augen, ein leuchtendes Rot, das fließt, das blutet, wie ein Zeichen des Lebens, das den Körper verläßt, das sich aus ihm ergießt, ohne daß man etwas unternehmen könne, um es zurückzuhalten. Der stechende Schmerz des verletzten Fleisches, der offenen Wunde tauche erst zuletzt auf. Das beschädigte Handgelenk und die durchlöcherte Haut spüre man erst hinterher. In dieser Reihenfolge träten die Schmerzen auf.

Arthur erzählt, und ich glaube ihm. Arthur erzählt, und ich folge ihm in die Stadt, die Brüssel heißt, in das Hotelzimmer an der Ecke der Rue des Brasseurs. Ich sehe den betrunkenen Mann. Ich sehe seine Benommenheit, seine Erbitterung, seine Verzweiflung. Ich sehe Arthur, der sich über ihn lustig macht und über seinen Kummer lacht. Ich sehe den Mann, der meinen Bruder mit einer Waffe bedroht, der brüllt, er werde abdrücken, und der schließlich zwei Schüsse abgibt.

Arthur betrachtet an diesem Morgen lange sein Handgelenk. Er betrachtet die Narbe, ein häßliches Zeichen in der Verlängerung seiner Adern. Er sagt: »Der Tod und ich, wir sind alte Bekannte, nicht wahr?«

Und ich kann ein angewidertes Zucken um den Mund nicht vermeiden. Ein Brechreiz steigt in mir auf. Mir bleibt wirklich nichts erspart. Ich muß alles anhören. Das ist von nun an meine Beschäftigung. Ich würde das Zimmer gerne verlassen, aber ich tue es nicht: Man kehrt einem Sterbenden nicht den Rücken zu.

Auch ich habe Erinnerungen, aber es sind nicht dieselben. Ich erinnere mich, daß er ein ausgezeichneter Schüler war, der seinen Lehrern Bewunderung abnötigte, und daß seine griechischen und lateinischen Arbeiten jedes Jahr mit den ersten Preisen ausgezeichnet wurden. Ich erinnere mich, daß er ein gehorsamer Sohn war, der meine Mutter zu den schönsten Hoffnungen berechtigte, ehe auch er die Flucht ergriff und sich von den Seinen entfernte. Ich erinnere mich, daß er dieses spöttische Lachen hatte, diesen blauen Glanz in den Augen, einen gewissen Mutwillen, daß ihm eine frohe Zukunft verheißen war. Ich erinnere mich, daß er Dinge schrieb, die man für bewundernswert hält und von denen ich nichts verstand, daß er geheimnisvolle Dinge erfand, die mich wie Märchen verzauberten. Ich erinnere mich, daß er selbstbewußt, aber ohne jede Arroganz, auszog, Paris zu erobern, daß er manchmal jämmerlich und elend zurückkam und daß er mich bei jedem Aufbruch ebenso wie bei jeder Rückkehr umarmte. Ja, ich erinnere mich an die Umarmungen. Ich erinnere mich, daß die ganze Familie manchmal vereint war, so wie anläßlich des Neujahrstags 1875, und daß wir an jenem Abend an dem Feuer, das unsere Gesichter und unsere Hände wärmte, glücklich waren. Ich erinnere mich, daß er mir Postkarten aus unbekannten Ländern schickte, daß er mir Geschenke von seinen zahlreichen Reisen mitbrachte, daß er mir eine Aufmerksamkeit schenkte, wie sie kein anderer je für mich hatte. Ich erinnere mich, daß er versuchte, unter Himmeln, die ihm nicht gnädig waren, auf ehrliche Weise seinen Lebensunterhalt zu verdienen, und in Gegenden, die ihm feindlich gesinnt waren, ein guter Mensch zu werden. Ich erinnere mich schließlich an diesen Satz, den er äußerte, als ich noch ein Kind war: »Wenn man einmal die Erfahrung der Freiheit gemacht hat, kann man nicht mehr darauf verzichten.« Ich habe ihn nicht vergessen. In der Stunde der Abrechnung werde ich solche Augenblicke in Anschlag bringen.

Trotzdem muß ich der Ehrlichkeit halber zugeben, daß ich mich natürlich auch an seine jämmerliche Rückkehr nach Roche erinnere, damals, nach dem denkwürdigen Drama von Belgien. Ich war dreizehn Jahre alt. Mein Bruder ist buchstäblich zusammengebrochen. Ich sehe ihn noch, niedergesunken auf einem Stuhl, in der Küche, mit herabhängenden Armen, hin und wieder von Krämpfen geschüttelt, tränenüberströmt. Es war der Augenblick einer großen Verzweiflung, einer verheerenden Verwirrung. Ich höre noch, wie er flüsterte: »O Verlaine! Verlaine.« Das versteht selbst ein Kind von dreizehn Jahren, versichere ich Ihnen.

Und dennoch kann die Frau von dreißig Jahren, zu der dieses Kind herangewachsen ist, sich weder mit den Irrtümern der Vergangenheit abfinden, noch die Fehler, die begangen wurden, verzeihen. Ja, ich spreche es aus, wenn die Zeit kommt, wo man die Existenz Arthurs denen ausliefern wird, die sie kennenlernen wollen, die Rechenschaft fordern oder Details verlangen, dann muß man Weizen und Spreu scheiden, muß tilgen, vernichten. Man wird Lügen auftischen müssen, die sich wie Wahrheiten anhören.

Sonntag, 9. August
Die Teilnahmslosigkeit unserer Mutter ist ein völliges Rätsel. Sie ist nur schwer verständlich.

Unsere Mutter kann die Nervenschmerzen Arthurs unmöglich verkennen. Es kann ihr nicht verborgen bleiben, das die Krankheit trotz der Amputation fortschreitet. Es kann nicht sein, daß sie das Stöhnen ihres Sohnes nicht hört, sein Röcheln, seine Wutanfälle, seine Zusammenbrüche. Trotzdem bleibt sie merkwürdig distanziert, als wäre sie mißtrauisch, aber weswegen? Diese Distanz erweckt den Eindruck von Desinteresse oder, noch schlimmer, von Verachtung.

Manchmal verbringt sie einen ganzen Tag, ohne in sein Zimmer hinaufzugehen, um ihn zu besuchen, ja selbst, ohne sich nach seinem Zustand zu erkundigen. Sie geht morgens, kaum daß der Tag angebrochen ist, lautlos aus dem Haus, um zu arbeiten, und kehrt abends, nach Einbruch der Dunkelheit, schwankend vor Erschöpfung, zurück. Sie behauptet, sie wolle ihn nicht stören, es sei zu früh oder zu spät, man müsse ihn schlafen lassen, obwohl sie weiß, daß er nicht schlafen kann. Sie hat keine Angst vor ihm, denn sie hat vor niemandem Angst. Was also ist es?

Es kann passieren, daß sie in der Türöffnung stehenbleibt und das Zimmer nicht betritt. Ja, sie steht dort auf der Schwelle, mit angewinkelten Armen, unbeweglich, regungslos. Man wünschte sich, daß sie sich rührt, daß sie einen Schritt macht, aber nein: Sie ist wie angewurzelt, wie festgebannt, als würde ihr eine unsichtbare Kraft verbieten, sich zu rühren. Vor ihren Augen ist ein Schleier, ein leichter Irrsinn.

Arthurs Blick fleht sie an, auch wenn er meine Behauptung abstreiten würde. Ich bin sicher, er hätte gern, daß sie hereinkommt, daß sie sich auf sein Bett setzt, daß sie sich erkundigt, wie es ihm geht, daß sie ihm einen Teller Suppe oder irgend etwas anderes anbietet, alles, nur nicht dieses bornierte Schweigen, diese unerklärliche ablehnende Haltung. Aber da er ebenso stolz ist wie sie, ebenso hochmütig, schließt er die Augen oder dreht den Kopf zur Seite, und sie geht wieder in ihre Küche hinunter, wo wir sie stundenlang herumwirtschaften hören, wozu nur?

Man könnte meinen, sie habe angesichts dessen, was sie für unvermeidlich hält, kapituliert, und sie schweige lieber, als dies einzugestehen. Man könnte meinen, sie versuche Arthur vor dem Urteil, das die Götter über ihn gefällt haben, zu bewahren. Diese stumme Haltung sei nichts anderes als Mitleid, eine Art, ihn zu beschützen. Ich habe es geglaubt. Ich beginne, daran zu zweifeln.

Ich finde, daß es von mangelnder Sensibilität zeugt, sich so zu benehmen. Gewiß, bei den Cuifs stellt man seine Gefühle nicht zur Schau, ich habe es schon einmal gesagt. Aber diese »Scham« erklärt nicht alles. Eine solche Gleichgültigkeit kann man nicht ihrer notorischen Zurückhaltung zuschreiben. Es gibt da etwas anderes, vielleicht einen Verzicht, eine Niederlage.

Oder einen Groll. Als wären die Kinder für die Hoffnungen verantwortlich, die sie enttäuschen. Als würden sie dafür bestraft, daß sie nicht das geworden sind, was man von ihnen erwartet hat. Das wäre entsetzlich. Es wäre ein unverzeihlicher Mangel an Menschlichkeit. Ich würde diesen Verdacht nicht gerne gegen eine Frau hegen, die ihr Leben unter den Schutz des Allmächtigen gestellt hat.

Oder aber sie hat einige der Beichten ihres Sohnes mitangehört. Denn manchmal merken wir, daß sie hinter den Türen herumschleicht oder uns sogar nachspioniert oder, wenn wir im Garten sitzen, die Ohren lang macht, und wenn wir sie dann endlich sehen, wissen wir nicht, seit wann sie uns schon beobachtet oder belauscht hat. Mutter ist eine gnadenlose Aufseherin. Sie wird es verhindern, daß ich mich durch Arthurs Geschichten einnehmen lasse, die sie so oft als Albernheiten abgetan hat. Sie wird, wenn nötig, eingreifen, um das Abdriften einzudämmen, um zu vermeiden, daß er mich verdirbt. Sie war immer der Meinung, daß er sein Unglück selbst verschuldet habe. Sie wird alles tun, um mir eine Ansteckung zu ersparen.

Sind ihre durchdringenden Blicke also vorwurfsvoll? Verrät ihre allzu sichtbare Mattigkeit Erbitterung? Sind ihre herabgezogenen Mundwinkel Ausdruck eines alten Grolls? Ist ihr Schulterzucken dasselbe, mit dem sie Arthur empfing, als er kleinlaut von seinen Ausflügen ins Reich der Dichter zurückkehrte? Spielen Mutter und ihr Sohn den letzten Akt einer Schlacht, die vor zwanzig Jahren begann?

Arthur seinerseits gibt sich wirklich keine große Mühe. Er sucht offensichtlich nicht den Dialog. Die seltenen Male, die sie ihm gegenübertritt, nimmt er ostentativ eine störrische Haltung ein. Sein Gesichtsausdruck wird eisig. Am Ende werden sich die beiden mehr gleichen, als sie es sich jemals hätten vorstellen können.

Ich finde Entschuldigungen für meinen Bruder. Ich habe ihn nie anders als bockig und rebellisch gekannt. Warum sollte er sich geändert haben? Ein Mann ändert sich nicht. Ich erwarte nicht von ihm, daß er zuvorkommend und liebenswürdig ist: Er ist es nie gewesen. Und außerdem gelten für Kranke Entschuldigungen, die Gesunde nicht für sich geltend machen können.

Montag, 10. August

Seht sie, die Vagabunden, die Verdammten, die von der Welt Vergessenen, die Mißgestalteten, die vom Alkohol Zerstörten, die von der Arbeit Entstellten, die vom endlosen Winter Altgewordenen; seht sie, die Heuchler, die Bösewichte, die Spötter, die Habgierigen, die Frauen mit den scheelen Blicken, die schweigenden und geduldigen Männer; seht sie, wie sie am Fußende des Betts vorbeidefilieren, als kämen sie zu einem Schauspiel oder begäben sich auf den Friedhof. Sie haben anfangs ein wenig gezögert, sie waren im Zweifel, ob sie die Rückkehr des Landeskindes nicht fürchten müßten, sie wagten nicht, sich zu zeigen. Und jetzt kommen sie in Scharen, weil man ihnen offenbar berichtet hat, der Abstecher lohne sich. Es ist ein endloses und obszönes Ballett. Die einen sind gekommen, um zu hören, wie er von seinen Afrikareisen erzählt, die anderen, um sein verbranntes Gesicht und seinen Beinstumpf zu sehen; die einen, damit er ferne Gegenden vor ihnen erstehen läßt, die sie für Augenblicke ihre gegenwärtige Lage vergessen machen, die anderen, um seine Überlebenschancen abzuwägen und die Größe des Hofs abzuschätzen, der vielleicht bald zum Verkauf anstehen wird; die einen, um ein wenig von seiner Sonne zu genießen, die anderen, um den Totengeruch zu schnuppern.

Ich mache keinen Unterschied zwischen ihnen: Für mich bilden sie ein Ganzes, ein Gemenge, eine Masse. Ich mache keine Trennung: Sie tragen alle denselben gemeinen und feindlichen Gesichtsausdruck, dieselbe schwere und ewige Bürde, dieselbe resignierte Bitterkeit, denselben abgestandenen Haß, dieselbe unüberwindliche Hoffnungslosigkeit.

Ich beobachte meinen Bruder, der dieses Spiel merkwürdigerweise mitspielt: Er zeigt ihnen, was sie sehen wollen, erzählt ihnen seine abessinischen Märchen, gibt ihnen seine Wüsten preis, macht sie glauben, die Ufer der Maas mündeten ins Meer, er vertraut ihnen auch seine Schmerzen an und verkündet ihnen als krönenden Abschluß seinen nahen Tod, den sie ohne mit der Wimper zu zucken akzeptieren. Und sie ziehen alle vergnügt, zufrieden und gesättigt wieder ab.

Ehe sie uns verlassen, versäumen sie nie, mich zu grüßen, mir ihre feisten Hände hinzustrecken, mich ihres Mitgefühls zu versichern, wobei sie sich schon auf die Beileidsworte vorbereiten, den Kopf mit einer untröstlichen Miene zu schütteln und schweigend gegen das hartnäckige Schicksal zu wettern.

Ich bin sicher, daß sie sich miteinander unterhalten, wenn sie endlich fortgegangen sind, daß sie in frömmlerischer Weise zum Himmel hochblicken, daß sie uns ohne die geringste Aufrichtigkeit bedauern, daß sie ein begehrliches Auge auf unseren Besitz werfen, daß sie sich schließlich, nach den üblichen schonenden Worten, über die Gebrechlichkeit unseres Kranken lustig machen und die Meinung vertreten, diese Gebrechlichkeit sei wohlverdient. Geben wir uns keinem Zweifel hin, für sie ist Arthur der Paria geblieben, der Taugenichts, der ihnen ins Gesicht spuckte; sie verzeihen ihm nichts.

Die Bauern hat er immer verabscheut, er hat ihnen gegenüber nichts als Ekel empfunden. Sie haben bestimmt nur darauf gewartet, es ihm heimzuzahlen. Ihr gezwungenes Lachen verbirgt nur schlecht ihre Lust auf Revanche.

Arthur wundert sich, daß ich mich durch dieses Defilee so verärgert zeige. Er hält mich für »so gut, so großherzig«. Und außerdem ist er davon überzeugt, daß ich hinter diesen Besuchen stecke, daß ich versuche, ihm auf diese Weise die Langeweile zu vertreiben. Als ich ihm antworte, daß das nicht zutrifft und daß mir diese unanständigen Zuschauerfluten und dieser anstößige Mummenschanz unerträglich seien, sieht er mich lange an, lacht immer mehr, und wirft mir schließlich an den Kopf: »Du bist ja eifersüchtig, wer hätte das gedacht.«

Dienstag, 11. August
Diese Sache mit der Eifersucht ist mir die ganze Nacht im Kopf herumgegangen. Es hat mich tatsächlich am Schlafen gehindert. Heute morgen sehe ich mich zu dem Eingeständnis gezwungen, daß Arthur nicht ganz unrecht hat. Es ist nicht zu leugnen, daß ich besitzergreifend bin. Diesen Instinkt für Besitz habe ich bestimmt von meiner Mutter. Aber bei mir erstreckt er sich nicht auf Gegenstände, sondern einzig und allein auf meinen Bruder, von dem ich, ohne daß ich etwas dagegen tun konnte, getrennt wurde, als ich in das schönste Alter kam. Jetzt, wo er mir zurückgegeben ist, möchte ich ihn gerne für mich alleine haben, das ist doch nicht verwerflich, oder?

Ja, es widerstrebt mir, ihn zu teilen, vor allem mit Leuten, die nichts von ihm wissen, außer den Jugendstreichen, die man ihnen erzählt, die nie etwas für ihn getan haben, außer sich über seine Eskapaden zu empören, die Fremde sind, nur angezogen vom Gestank des Bluts.

Im übrigen ist es nicht bloß die Nachbarschaft, die herbeiläuft: Es wird behauptet, nach Einbruch der Dunkelheit kämen Fremde von weither, um ihn zu hören, während ihn ein wirrer, von Delirien und Alpträumen überschatteter Schlaf umfängt. Seine Geschichte hat sich in der ganzen Gegend herumgesprochen, und manche machen die Reise heimlich, um festzustellen, ob man ihnen die Wahrheit erzählt hat. Von überallher kommen die Leute. Sie eilen herbei, um sein Klagen, sein Stöhnen, sein Röcheln zu hören. Offensichtlich interessieren sie seine Märchengeschichten, die vom Orient, von Gold, von Sand, von Sonnenstichen, von Schwarzen, von Waffen erzählen und die er in einer Art unbewußtem Zustand deklamiert, ohne es überhaupt zu wissen. An manchen Abenden erkennt man ihre Gestalten, die riesenhafte Schatten an die Mauern unseres Hofs zeichnen. Man vernimmt das Knacken der Zweige und das Knirschen der Kiesel unter ihren Schritten. Sie sind da, im Schutz der Dunkelheit, und beobachten heimlich meinen armen Bruder, sie belauschen sein wirres Gerede, sie sind im Theater, sie haben gehört, daß meine Narkotika seltsame Wirkungen hervorbringen, und sie möchten sich nichts davon entgehen lassen. Sie nehmen Anstoß an seinen Flüchen, schlagen das Kreuz, wenn seine gotteslästerlichen Worte an ihre schamhaften Ohren dringen, entrüsten sich. Dennoch bleiben sie hinter den Büschen versteckt, schließen die Augen, begleiten ihn auf seinen Reisen. Am Morgen sieht man ihre Fußspuren in der matschigen Erde unter seinem Zimmerfenster.

Arthur weiß nichts von alledem. Wozu soll man ihn davon in Kenntnis setzen? Dieses Treiben erweckt nur Verachtung und Ekel. Meine Eifersucht ist auch ein Schutzwall gegen die Aasgeier.

Es gibt schließlich eine letzte Erklärung: Wenn die Zeit, die uns noch bleibt, wirklich nicht mehr lang sein sollte, dann geht es darum, sie nicht zu vergeuden und zu verschwenden. Die Augenblicke zu zweit sind kostbar, weil sie gezählt sein könnten. Unsere wiedergewonnene Nähe wird nicht von langer Dauer sein.

Mittwoch, 12. August
Sidonie Albinier ist die einzige, die ich ohne Mißtrauen und ohne Vorbehalt zu uns kommen sehe. Sie erscheint lautlos,

ich bemerke sie fast nicht. Sie vermeidet absichtlich, unser Haus zu betreten. Sie bleibt auf dem Weg, der am Hof vorbeiführt, am Zaun stehen. Sie winkt mir unauffällig. Ihr Arm bewegt sich kaum. Ich schreibe diese Sparsamkeit nicht ihrem Rheumatismus, sondern ihrer Reserviertheit, ihrer Zurückhaltung zu. Ich gehe hinunter, um sie zu treffen.

Wir unterhalten uns ein wenig. Auch mit Worten ist sie sparsam. Nicht so wie meine Mutter, die immer nahe daran ist, knauserig damit umzugehen, nein, eher so wie diese löblichen Frauen, die es vorziehen zu schweigen, wenn sie nichts zu sagen haben. Der Geist ist trotzdem immer rüstig. Wenn ihre Beine sie auch manchmal im Stich lassen, ihr Kopf hat ihr noch nie einen bösen Streich gespielt.

Als ich ihr vorschlage, heraufzukommen, um Arthur guten Tag zu sagen, lehnt sie höflich ab. Nicht weil sie befürchtet, ungelegen zu kommen, sondern weil sie weiß, welches Schauspiel der Leiden sie erwarten würde. Es fehlt ihr nicht an Mut: Sie erinnert sich, das ist alles. Sie kennt zerfetzte Körper.

Sie schaut mich mit einer großen Güte an, die meine Unterlippe zum Zittern bringt und einen Schleier vor meine Augen legt. Ich ahne, was sie mir anvertrauen könnte und was sie für sich behält. Ich bin noch nicht so weit, das zu hören, was sie seit langem glaubt begriffen zu haben. Sie läßt ihre Hand lange auf meinem Arm liegen, ihre kleine, zerfurchte, von violetten Adern gemaserte Hand auf meinem milchigen Arm. Bei dieser Kommunion der Betroffenen ist jedes Wort überflüssig.

Und dann geht sie weiter. Ich beobachte, wie sie, eingeschnürt in ihr schwarzes Kleid, weghumpelt. Dieser hinkende Schritt auf dem Feldweg wird mir für alle Ewigkeit im Gedächtnis haften.

Donnerstag, 13. August
Heute ist Post aus Arabien gekommen. Es hat fast vier Wochen gedauert, bis uns der Brief erreichte. Ich lese ihn Arthur vor, weil seine Augen brennen. B. erstattet darin Bericht. Er schreibt, seine Geschäfte gingen schlecht, Afrika biete dem Handel keine Möglichkeiten mehr, der Schwarzhandel floriere in unvorstellbarer Weise, man müsse ständig gegen Trägheit und Dummheit ankämpfen, er verzehre alle seine Kräfte in diesem vergeblichen Kampf. Er behauptet, Frankreich fehle ihm, allein die Tatsache, eine französische Adresse auf diesen Brief zu schreiben, sei schon ein Vergnügen für ihn. Arthur versichert mir jedoch, B. sei vollkommen unfähig, Abessinien zu verlassen, er sei ein für allemal dem Zauber dieses Landes und seiner gefährlichen Magie verfallen. Arthur ist auch davon überzeugt, daß B. es immer vorziehen wird, dort unten eine angesehene Persönlichkeit zu sein anstatt hier ein Niemand. Er hat diese Reise auf den anderen Kontinent schon vor sehr langer Zeit unternommen, und wenn er bis heute nicht zurückgekommen ist, dann deshalb, weil er dort auf seine Kosten kommt, weil sein Leben, selbst wenn es anstrengend und gefährlich ist, bei weitem das übertrifft, das ihn erwartet hätte, wenn er in der Hauptstadt geblieben wäre. Es ist letztlich nicht die Sonne, die ihn dort hält, es ist die Macht und das manchmal leicht verdiente Geld.

Mit diesem Brief findet Arthur das feuchte Klima von Boubassa wieder, wo ihn das Fieber niedergeworfen hatte, die Langsamkeit der Expeditionen, die er in die somalische Wüste unternahm, oder auch die aufständischen Bewegungen, die er in Harar aus der Nähe beobachtete. Insgeheim erinnert er sich auch an die Blicke schwarzer Männer, an die abscheuliche Einsamkeit, an seine Hartnäckigkeit, unwahrscheinliche Oasen zu erreichen, um dort ein zweifelhaftes Glück zu suchen. Ihm werden die tausende Kilometer zu Fuß oder zu Pferd, die Wüsten, die Felsen und der Sand, die wilden und feindlichen Küsten wiedergegeben.

Der Brief läßt auch die Erinnerung an Freundschaften erstehen. Es gibt also noch Menschen, die ihn nicht völlig vergessen haben, die vielleicht noch von ihm reden, die seine schmale und blasse Gestalt vor sich haben, die einem Geheimnis Stoff geben, in dem sich Furcht und Faszination mischen. So überlebt er sein Verschwinden. Er ist nicht völlig tot.

Er gesteht mir, es komme ihm merkwürdig vor, daß er überhaupt Sympathien geweckt habe. Er habe es meistens rasch vorgezogen, den Menschen den Rücken zu kehren, sein Leben abseits von ihnen zu führen, ohne sich weiter um sie zu kümmern. Seine Verbindungen in Afrika seien im wesentlichen von Nutzen, Beruf und Verpflichtungen bestimmt gewesen. Wenn er gekonnt hätte, hätte er sich ihrer gerne entledigt. Trotzdem hätten, ungeachtet seiner Gleichgültigkeit gegenüber den Lebenden und der Distanz, die er unterschiedslos zu allen wahrte, einige, darunter der gutmütige B., eine Art Zuneigung für ihn empfunden, etwas fast nicht in Worte zu Fassendes, was sie zu ihm hingezogen habe. In Wirklichkeit war es meistens sein Überlebenswille, der sie beeindruckte; seine Entschlossenheit und seine ungeheure Durchhaltekraft, die ihm Respekt verschafften. Ich denke, daß sie darüber hinaus seinem Charme erlegen sind. Sie ließen sich von dem Magnetismus seiner Augen bannen, von der ewigen Jugendlichkeit, von jener Verführungskraft, die ihm zu keinem Zeitpunkt abhanden gekommen ist und die ich noch auf seinem Krankenlager an ihm erkenne.

Auch der starke Wille hat sich nicht verloren. Es ist der des Kämpfers, der die Krankheit in Schach hält.

Freitag, 14. August
Ich habe nicht die geringste Ahnung, was es bedeutet, sein Land zu verlassen, seiner Heimat den Rücken zu kehren. Ich bin hiergeblieben, festgewurzelt wie die hundertjährigen Bäume, deren Silhouetten sich unverändert und tröstlich in den Fensterrahmen abzeichnen. Ich habe mich nicht von der Stelle gerührt. Diese Trägheit, diese Unbeweglichkeit, das ist mein Leben. Ich würde es nicht tauschen wollen.

Dieses Haus, in dem ich schreibe, ist meines. Ich werde es erben. Ich werde zweifellos hier sterben. Ich habe keine Angst davor.

Im Grunde habe ich mich immer nur nach Frieden, Ruhe und Stabilität gesehnt: bisweilen hatte ich sie.

Es ist nicht leicht wegzugehen, weil es nicht natürlich ist.

Weggehen ist eine Entwurzelung, eine Art Amputation. Mit allem zu brechen ist eine Gewalttat. Wenn man sein Vaterland verläßt, verliert man zwangsläufig einen Teil von sich.

Nein, nein, man löst sich nicht so einfach von seiner Jugend.

Ich weiß, daß Arthur Mut brauchte, um das Joch abzuwerfen. Und Verzweiflung. Weder von dem einen noch von dem anderen habe ich jemals genug gehabt.

Ich habe ihn hauptsächlich als Umherirrenden gekannt. Er beteuerte, er sei ein ungebundener Mensch. Er war auch ein Entwurzelter, ein Deportierter, ein Emigrant.

Seine Fluchten haben in den Ländern, die bereit waren, ihn aufzunehmen, einen Flüchtling aus ihm gemacht. Aber in welchem dieser Länder hat er sich »zu Hause« gefühlt?

Die Sonne war seine einzige Orientierung. Ihr wird er sich am Ende wieder zuwenden.

Wie viele Kilometer hat er wohl zurückgelegt? Wie viele Landstraßen befahren? Wie viel Humus aufgewühlt? Wie viele Gesichter gesehen? Aber die Sonne war immer dieselbe.

Wenn er in dem verwilderten Garten vor den Brombeerhecken und dem Efeu sitzt, den Feldweg unter sich, merke ich, daß er an die Orte seines Exils denkt.

Sonntag, 16. August

Auch wenn Arthur mir gegenüber von Zeit zu Zeit äußert, er sei Gott jetzt weniger fern als früher, lehnt er doch mit großer Entschiedenheit mein Angebot ab, sich im Gebet mit mir zu vereinigen. Gestern hat er sich rundweg geweigert, an der Feier zu Mariä Himmelfahrt teilzunehmen und auch nur einen Gedanken für die Jungfrau Maria zu erübrigen, und heute behauptet er, sein Stumpf plage ihn und tue ihm so weh, daß er unmöglich das Bett verlassen könne, um zur Messe zu gehen. Ich beharre nicht darauf, denn dieses letzte Argument scheint unwiderlegbar, allerdings vermute ich, daß es sich nur um eine fadenscheinige Entschuldigung handelt. In Wirklichkeit ist und bleibt er trotz seines Wunsches, meinen Glauben nicht zu verletzen und die Hoffnung auf seine Rückkehr zu Gott in mir wachzuhalten, ein unverbesserlicher Ungläubiger, der fürchterliche Taugenichts, der die Pfarrer zur Verzweiflung brachte, der blasphemische junge Mann, der sich weigerte, sich vor dem Kruzifix zu bekreuzigen, der Handelsmann, der den gesunden Menschenverstand der Kaufleute den »Flausen der Bibel« vorzog. Ich nehme also allein an der Morgenmesse teil. Als ich auf den Hof zurückkomme, kann er sein Bein wie durch ein Wunder wieder gebrauchen und scheint nicht mehr zu leiden als sonst. Er wirft mir ein komplizenhaftes Lächeln zu und meint, der liebe Gott schätze es sicher nicht, durch das Hinken eines Krüppels gestört zu werden.

Dienstag 18. August

Arthur beobachtet den Wind, der über die Sonnenblumenfelder streicht. Er stellt wie ich fest, daß die schweren gelben Blumen ihren Höhepunkt schon überschritten haben und sich zur Erde neigen, wo sie bald verfaulen werden. Ihre Blütenblätter sind ein wenig verbrannt und eingerollt. Wie ich würde er gerne diesen falschen Sommer, der zu Ende geht, und die weiße, kalte Sonne, die ein hartes Licht auf die Wege wirft, ohne die Spaziergänger zu wärmen, festhalten; würde gerne den Augenblick hinausschieben, wo unausweichlich die schlechte Jahreszeit über uns hereinbrechen wird, mit ihrem endlosen Regen und den drohenden Himmeln. Die zum Boden gesenkten Köpfe der

Blumen unterhalb des Hofs, jenseits der Zäune und Mauern, sind für ihn und für mich mehr als ein herzzerreißender Schmerz.

Und dieses schmerzliche Gefühl versetzt ihn in einen anderen August zurück, er war damals nicht ganz sechzehn Jahre alt. Es war der Monat seiner ersten Flucht. In einer plötzlichen Anwandlung hatte er den erstbesten Zug nach Paris genommen, er hatte schon so lange davon geträumt. In Paris schien damals zweifellos noch die Sonne, während in Charleville die Wasser der Maas schon schmutzig waren.

Es war die Handlung eines Kindes. Eine unüberlegte Handlung. Aber die Zugkontrolleure hatten kein Verständnis dafür. Als sie feststellten, daß er keine Fahrkarte hatte, zwangen sie ihn, den Waggon zu verlassen. Als er sich angesichts ihrer unerbittlichen Miene aufregte und einige selbsterfundene Beleidigungen ausstieß, zögerten sie nicht, ihn der Gendarmerie zu übergeben, die ihn ungerührt in die finstere Haftanstalt von Mazas verbrachte.

Von seinem kurzen Aufenthalt hinter den Mauern dieses fürchterlichen Gefängnisses ist ihm eine sehr genaue, sehr konkrete Erinnerung an das Gefühl von Eingeschlossensein und Ersticken geblieben. Dieses Eingesperrtsein erschien ihm noch finsterer als die Nacht. Er hätte es mit Abstand vorgezogen, daß man ihm anstatt der Freiheit das Leben genommen hätte. Damals hat er sich geschworen, sich für immer von jeder Unterwerfung zu befreien.

Aus der Haft schrieb er einen flehenden Brief an seinen geliebten Lehrer Izambard, er möge kommen, um ihn zu retten. Ja, ihn zu retten. Er versichert mir, wenn letzterer nicht seine Freilassung bewirkt hätte, wäre er wahrscheinlich gestorben.

Der bloße Gedanke daran hinterläßt ein trauriges Lächeln auf seinem Gesicht, während er fortfährt, das benachbarte Land aufmerksam zu betrachten, wo sich in der Ferne die graue Gestalt des Bahnhofs von Voncq abzeichnet. Ich bin sicher, daß er erneut an Aufbrüche denkt, an seine Jugend, an die Jugendtorheiten, an den Wunsch, an die Möglichkeit, diesem ewigen Herbst zu entfliehen. Sein Lächeln bleibt, aber in seinen Augenwinkeln glitzern Tränen.

Als er wieder im Haus ist, beeilt er sich, sein künstliches Bein abzunehmen, aber er verletzt sich nur dabei und reißt sich blutig. Die Riemen weigern sich nachzugeben, seine Hände werden nervös, seine Adern schwellen an, sein Atem geht schneller, sein ganzer Körper gerät außer Kontrolle. Als die Riemen endlich aufgehen, schleudert er sein Anhängsel aus Holz und Leder quer durchs Zimmer. Sein künstliches Bein knallt mit einem unbeschreiblichen Lärm gegen die Wand und fällt gegen die Fußleiste. Er vergräbt seinen Kopf im Kissen und erstickt seine Tränen darin. Seine offene Wunde beschmutzt die Laken. In dieser unvergleichlichen Verwirrung erinnert er sich, daß er nie wieder laufen wird.

Unsere Mutter ist unten in der Küche, sie hat sich trotz des Lärms nicht gerührt. Sie ist nicht herbeigeeilt, um sich zu erkundigen, was vorgefallen ist. Sie hat Wichtigeres zu tun. Sie poliert ihr Kupfergeschirr.

Mittwoch, 19. August

Noch heute gibt es ein wenig oberhalb von Roche, mitten im Nirgendwo, an der Straße, die nach Attigny führt, eine Kneipe, die Arthur in seinen jungen Jahren zu besuchen pflegte. In unserem Land gibt es so viele Kneipen wie herumstreunende Hunde, so ist das eben, und man schätzt die Genevergläser für einen Sous oder die Kannen mit flämischem Bier. Absinth, der eine Pariser Mode ist, wird hier im allgemeinen nicht ausgeschenkt. In einem solchen Lokal hat Arthur das Saufen gelernt, den Stumpfsinn der Winterabende, dort hat er Bekanntschaft gemacht mit der Promiskuität, der Zügellosigkeit an überfüllten Tischen, den weichen Polstern der Bänke, den Sätzen, die man brüllt, um gehört zu werden, dem schlüpfrigen Lachen, den verschwommenen Reflexen in den beschlagenen Spiegeln. Heute morgen vertraut er mir an, daß er unter den Entbehrungen, die er erduldet, Sehnsucht empfindet nach diesen überfüllten und verrauchten Orten, wo alles geschehen konnte und wo die Zeit mühelos verging. Er erzählt mir ebenfalls, daß er eines Tages, als er in einem dieser abenteuerlichen Cafés einen über den Verstand getrunken hatte, die Klinge seines Messers in Verlaines Handfläche stieß. Der andere schien blindes Vertrauen in ihn zu haben: Er hat den Stoß nicht kommen sehen.

Diese Worte klingen bis zum Abend in mir nach: Er hat den Stoß nicht kommen sehen.

Donnerstag 20. August

Doktor Beaudier besucht uns heute morgen auf meine Bitte hin. Ich will, daß er Arthurs Wunde in Augenschein nimmt, seine verletzte Haut, seinen Beinstumpf. Das Blut ist in großflächigen Krusten vernarbt, aber an manchen Stellen hat sich Gewebe entzündet. Mein Bruder wirft mir einen finsteren, vorwurfsvollen und gleichzeitig hilfesuchenden Blick zu, als er den alten Mann in sein Zimmer kommen und sein Köfferchen aus schwarzem Leder rücksichtslos auf einer Ecke seines Betts abstellen sieht, als wäre es erobertes Land. Er hat Ärzten immer mißtraut, hat immer nur an seinen guten Stern geglaubt und mehrmals Gelegenheit gehabt, die Grenzen seines Körpers auszuloten, die Leistungen, die er ihm zu vollbringen erlaubt oder vielmehr erlaubte. Außerdem mag er es nicht, wenn jemand unvorhergesehen bei ihm eindringt. Ich glaube vor allem, daß er es nicht erträgt, seinen körperlichen Verfall auf dem teilnahmsvollen Gesicht des Arztes abzulesen oder aus seinen verstohlenen Seufzern herauszuhören. Aber ich werde ihn ärztlich versorgen lassen, auch gegen seinen Willen. Es kommt nicht in Frage, ihn sterben zu lassen, ohne etwas dagegen zu tun, es kommt nicht in Frage, uns vom Zweifel durchbohren oder vom Schmerz überwältigen zu lassen, ohne Widerstand zu leisten. Arthur kann mir so lange er will entgegenhalten, er wäre gut imstande, den Kampf allein aufzunehmen, einige Medikamente haben noch nie geschadet. Ich beobachte den Arzt beim Abhören, Abtasten, Umwenden. Man weiß nicht, ob er ein Geheimnis ergründet oder ob er mit Fleisch hantiert. Er hat etwas von einem Polizisten und von einem Schlachter an sich, geht es mir durch den Kopf. Am Schluß packt er seine Utensilien ein, ohne ein Wort zu sagen. Beim Verlassen des Zimmers grüßt er seinen Patienten nur kurz. Auf der Türschwelle, als er schon dabei ist, zu seinem Wagen zu gehen, legt er mir die Hand auf den Arm und sagt einfach: »Sie werden tapfer sein müssen, Isabelle.«

Freitag, 21. August

Ich weiß, daß Arthur wieder aufbrechen wird, vielleicht noch ehe er es selbst weiß. Die Unruhe der letzten Tage, die

Verzweiflung, auf die eine plötzliche Beruhigung folgte, wie vor dem Ausbruch von Stürmen, dem Anrollen der Brandung, das alles deutet auf eine nahe bevorstehende Abreise hin. Ich sehe meinen Bruder, der schweigend grübelt und aufbegehrt, der innerlich kocht. Dann wieder sehe ich ihn teilnahmslos, gleichgültig, apathisch. Und ich begreife, daß der Entschluß in ihm reift.

Ich habe nicht viel Umgang mit ihm gehabt, aber mein Herz kennt ihn in- und auswendig. Und das Herz ist es, das spricht. Das Herz täuscht sich selten.

Dreißig Tage. Er wird nicht mehr als dreißig Tage bei uns bleiben.

Wir lebten vielleicht in dem Glauben, er sei für immer zu uns zurückgekehrt, oder zumindest für längere Zeit. Diese Rückkehr zu den Ursprüngen sei eine Möglichkeit gewesen, das Exil zu beenden. Aber nein.

Wir lebten vielleicht in dem Glauben, er sei unseretwegen zurückgekommen, seiner Mutter und seiner Schwester wegen, um dessentwillen, was uns trotz der Mißverständnisse, trotz der Jahre der Trennung eint, was nur uns gehört, um des gemeinsamen Bluts in unseren Adern willen. Aber nein. Das Blut ist nicht genug.

In Wirklichkeit ist er nur seinetwegen zurückgekehrt, um seine Rechnungen zu begleichen, um einen Schlußstrich zu ziehen, um sich für immer von uns, der Kindheit, dem Land zu befreien.

Dreißig Tage, ein Einschub, Klammer auf, Klammer zu.

Dreißig Tage, nicht ein Tag mehr.

Samstag, 22. August
Er hat genug davon, am Familientisch zu sitzen, in einem undurchdringlichen Schweigen, das nur durch die Geräusche beim Hinunterschlucken der Suppe unterbrochen wird. Genug davon, sich, vorbei an sterbenden Blumen, gestützt von meinen zu schwachen Armen, bis an sein Leidenslager zu schleppen. Genug davon, endlose Stunden in abgrundtiefer Langeweile zu verbringen, mitten in einer trübseligen Landschaft. Genug davon, von einer Kälte geschüttelt zu werden, gegen die man nicht ankommt, und die seine Knochen erstarren läßt und sein Fleisch aufreißt. Er geht.

Das läßt er mich wissen.

Seine verbitterte Rede enthält nichts, was mich erstaunt. Dennoch trifft mich ihre Härte aufs tiefste und weckt sofort die in Wahrheit kaum schlummernden Reflexe der schwesterlichen Beschützerin, des Schutzengels in mir: Ich appelliere an seine Vernunft, selbst wenn ich vermute, daß alles vergeblich ist.

Ich flehe ihn an, sich diese Dummheit aus dem Kopf zu schlagen, ich versuche, ihn davon abzubringen, diese große Reise zu unternehmen, die ihn das Leben kosten könnte. Aber ich muß mich mit der Feststellung abfinden, daß meine Bitten seine Entschlossenheit nur noch mehr aufstacheln. Nein, er wird nicht auf mich hören. Er wird sich ganz sicher an die getroffene Entscheidung halten, und niemandem wird es gelingen, ihn dazu zu überreden, auch nur einen Tag länger in dieser »Hölle der Ardennen« zu bleiben.

Törichterweise appelliere ich an seinen Familiensinn, ich flehe ihn an, denjenigen, mit denen er das Blut und die Geschichte teilt, keinen Kummer zu bereiten. Er hält mir die Gleichgültigkeit der Rabenmutter entgegen, die es, davon ist er überzeugt, nicht ungerne sähe, wenn er verschwände, denn man brauche kein Kirchenlicht zu sein, um zu erkennen, daß er eine Last, ein Hindernis sei. Meine Einwände richten nichts aus. »Unsere Familie existiert nicht, Isabelle, sie hat nie existiert. Wie bringst du es nur fertig, das nicht einzusehen?« Er behauptet, meine Blindheit verblüffe ihn.

Ich tue so, als würde ich diese Spitze, seine Bosheit, nicht bemerken, und ich spiele den Arzt, die Wissende, um ihn zu überzeugen. Ich erinnere an die Diagnosen, an die Operation, die medikamentösen Behandlungen, die Leiden. Ich beschwöre ihn, nicht sein Leben zu gefährden, einzusehen, daß die Metastasen dazu führen können, ihn jeden Moment ins Koma zu versetzen, einzusehen, daß sein Beinstumpf, der blutet und eitert, einen idealen Unterschlupf für alle Bakterien bietet. Ich unterstreiche die Risiken. Er antwortet nicht einmal. Er hält es nicht für nötig zu antworten.

In meiner Verzweiflung halte ich ihm entgegen: »Aber wohin willst du denn gehen? Was willst du tun? Wer wirst du sein?« Ein bleierner Vorhang senkt sich plötzlich zwischen uns herab. Er blickt mich lange an und antwortet schließlich: »Verstehst du denn nicht, daß ich von hier weg muß? Egal wohin es mich verschlägt. Ja, überall wäre es besser als hier. Tatsächlich denke ich daran, in mein Abessinien zurückzukehren. Ich werde wieder Kaufmann. Oder etwas anderes. Mein Leben hat sich ohnehin schon verändert.«

Ich sehe ihn wortlos an. Tränen rinnen über meine Wangen. Alles ist verloren. Ich habe getan, was ich konnte.

Er geht. Es besteht kein Zweifel: Er wird nicht wiederkommen. Diesmal wird er nicht wiederkommen. Nicht lebend jedenfalls. Ein Sarg wird ihn uns zurückbringen.

Er nimmt mich mit einer ungewohnten Geste in die Arme, als habe er meine Gedanken erraten. Er preßt mich an sich und flüstert mir ins Ohr: »Begleite mich nach Marseille. Begleite mich ans Schiff.« Kaum hörbar sage ich ja. Ja.

Sonntag, 23. August
Der Zug fährt morgens um sechs Uhr dreißig in Voncq ab. Arthur hat verlangt, daß man ihn gegen drei Uhr weckt, um absolut sicher zu sein, daß er ihn nicht verpaßt. Man braucht an und für sich kaum eine halbe Stunde, um die drei Kilometer zurückzulegen, die Roche vom Bahnhof trennen, aber er will alle Vorsichtsmaßnahmen treffen. Ich hege sogar den Verdacht, er traue mir zu, daß ich versuchen könnte, den Zug zu verpassen. Das stimmt natürlich nicht, denn ich habe mich ja zu diesem Wahnsinn entschlossen, zu dieser letzten Reise. Ich habe aufgegeben.

Wenn man die Wahl trifft, sich ein für allemal von dem Land zu trennen, in dem man seine Seele hätte aushauchen können oder sollen, kommt es nicht in Frage, daß dies an kleinlichen materiellen Problemen, wie an nicht eingehaltenen Fahrplänen oder falsch eingeschätzten Entfernungen, scheitert, an Unwägbarkeiten oder Stolpersteinen, die zu beseitigen man sich nicht bemüht hat, nicht wahr? Zur vereinbarten Stunde reißt unsere Mutter meinen Bruder aus einem unruhigen Schlaf, auch sie hat resigniert. Arthur würde sagen, daß sie schon vor langer Zeit resigniert hat.

Ich ziehe ihn an, ich bringe ihn zum Fuhrwerk, ich helfe ihm hinauf, ich verstaue sein Gepäck, ich schließe die Tür, um ihn vor der bläulichen Kälte dieser zu Ende gehenden Nacht zu schützen. Ich setze mich neben ihn. Unsere Mutter bleibt auf der Türschwelle stehen, die Arme unter der Brust an den Körper gepreßt, mit unbewegtem Gesicht. Sie hat sich einen Schal über die Schultern geworfen. Sie spricht kein Wort. Diejenigen, die sie morgen nach den Gründen für einen so überstürzten Aufbruch fragen, werden sich bestimmt mit der Antwort begnügen müssen: »Ich habe keine Ahnung.«

Ich möchte nicht, daß das so endet, in diesem allgemeinen Verstummen. Ich möchte, daß es beim Abschied Tränen gibt, gestammelte Worte, Ermutigungen, Hände, die sich festhalten, Blicke, die sich nicht loslassen, erstickte Schreie, einen tiefempfundenen Schmerz, aber nein: Da ist nur dieses Schweigen. Ein letztes Mal.

Einer der Knechte des Hofs ist dazu beordert worden, uns an den Bahnhof zu bringen. Er stellt sich so ungeschickt an, daß es endlos dauert, bis er nur den Wagen angeschirrt hat. Unsere Mutter hält es nicht länger in der Kälte aus und kehrt ins Haus zurück. Sie schließt die Tür hinter sich. Ist es möglich, daß dies das letzte Bild von Roche ist: eine geschlossene Tür?

Nach einem Kilometer bleibt unser Pferd stehen und weigert sich einfach weiterzugehen. Anfangs glauben wir noch, es werde wieder lostraben, aber wir müssen uns der Tatsache beugen: Das elende Tier beharrt hartnäckig auf seiner Weigerung. Bei der großen Eile hatte der Knecht vergessen, eine Peitsche mitzunehmen. Unter diesen Voraussetzungen ist es unmöglich, das störrische Tier in Gang zu bringen. Arthur erfaßt Panik, und er kommt auf die Idee, dem gedankenlosen Kutscher seinen ledernen Hosengürtel zu leihen. Es nützt nichts. Mein Bruder zittert im Fond der Kutsche. Mit der Wut steigen Tränen in ihm auf. Ich sehe ihn an, er ist verzweifelt und machtlos. Als das Pferd endlich wieder weitergehen mag, ist zu viel Zeit verlorengegangen. Wir kommen zu spät an: Der Zug ist schon abgefahren.

Ich würde darin die Hand Gottes erkennen, wenn ich nicht so erschöpft wäre.

Man informiert uns, daß der nächste Zug um zwölf Uhr vierzig fährt. Daran soll es nicht liegen, er verkündet, er werde am Bahnhof auf ihn warten, er wolle endlich fort. Ich bemühe mich, ihn zu überzeugen, daß es verrückt ist, hier, schlecht geschützt, im kalten, zugigen Wind zu sitzen. Die Schauder, die seinen Körper durchlaufen, bringen ihn zur Vernunft. Wir fahren zurück nach Roche. Das nennt man einen Fehlstart.

Als wir zum Hof zurückkommen, ist unsere Mutter offensichtlich überrascht und scheint fast ärgerlich zu sein. Ich erkläre ihr unser Mißgeschick. Sie begnügt sich damit, geltend zu machen, daß die Arbeiten auf dem Hof auf sie warten und daß sie um so dringlicher wären, weil ein Knecht für unseren Transport abgestellt worden sei. Ohne weitere Umstände läßt sie uns einfach stehen. Bei den Cuifs ist man wahrhaftig nicht an Gefühlsausbrüche gewöhnt.

Arthur schläft zwei Stunden lang. Währenddessen setze ich mich in den Garten unter eine Linde. Eine Gestalt kommt heran, es ist Sidonie Albinier. Sie weiß wohlgemerkt nichts von unseren Plänen, und trotzdem könnte man meinen, sie habe sie erahnt. Sie blickt mich verständnisvoll an und sagt: »Er fährt wieder weg, nicht wahr? Er fährt tatsächlich weg. Und du reist mit ihm? Und deine arme Mutter ist auf den Feldern, während er geht. Begreift sie nicht, daß sie ihren Sohn nicht mehr lebend sehen wird?« Ich widerspreche nicht. Nicht dieser alten Frau, die alle Geheimnisse des Lebens und des Todes kennt. Ich schaue ihr nach, während sie weitergeht. Ich denke an die Geheimnisse, die sie mit sich trägt.

Kaum ist mein Bruder wach, befiehlt er, daß angespannt wird. Es herrscht dieselbe Eile, dieselbe Überstürzung. Diesmal kommen wir rechtzeitig an, und sogar viel zu früh. Er wartet auf dem Bahnsteig. Seine Miene ist heiter. Als der Zug pünktlich vierzig Minuten nach zwölf Uhr einfährt, werden mehrere Männer herbeigerufen, um ihn in sein Abteil zu heben. Auf seinem Gesicht malt sich eine entsetzliche Grimasse ab. Aber sobald er sitzt, kehrt langsam und mühevoll ein Lächeln darauf zurück. Eine Pfeife ertönt, dicker schwarzer Rauch hüllt den Bahnsteig ein, der Zug setzt sich in Bewegung. Arthur glaubt in aller Naivität, er könne an die rauschhaften Fluchten anknüpfen.

Aber die Nervenschmerzen lassen nicht lange auf sich warten. *»Ich habe solche Schmerzen, ich habe solche Schmerzen!« wiederholt er. Kissen und Polster sind auf der Bank in Fahrtrichtung gestapelt. Er versucht, sich darauf zu stützen, sich aufzurichten, sich hinzusetzen. Aber keine Stellung ist* *für ihn günstig: Der Rücken, das Kreuz, die Schultern, die Arme, vor allem die rechte Schulter und Achsel und der Beinstumpf sind Herde entsetzlicher Schmerzen. Er bricht, erschöpft von der Anstrengung, zusammen. »Ich dachte«, sagt er, »auf der Reise würde mein Interesse wieder geweckt, und ich könnte mich etwas zerstreuen; aber ich sehe, es ist zu Ende, ich werde an nichts mehr Freude haben, es geht mir zu schlecht.«* Ja, sicher, es ist zu Ende.

Montag, 24. August
Die Droschkenfahrt gestern Abend durch Paris, um zur Gare de Lyon zu kommen, war ein Leidensweg. Die Nachtfahrt nach Lyon, wo wir im Morgengrauen angelangt sind, eine Folter. Jetzt wird uns gesagt, daß wir uns Marseille nähern. Unser Zug gleicht zweifellos einem Leichengeleit.

Seit vierundzwanzig Stunden bin ich Zeuge *der fürchterlichsten Höhepunkte der Verzweiflung und der physischen Qualen, die man sich vorstellen kann.* Ohne etwas dagegen tun zu können, höre ich seine Schreie, seine Schluchzer, seine Krämpfe, sein Flehen, seine Flüche. Hilflos stehe ich seiner Müdigkeit, seiner Kraftlosigkeit, seiner Niedergeschlagenheit gegenüber, etwas verliert sich. Ich betrachte ihn, während er mit einem schrecklichen Gesichtsausdruck vor sich hin dämmert und erfolglos zu schlafen versucht. Ich sehe die betroffenen Blicke der Leute, die unser Abteil betreten und es sogleich, verstört von diesem Schauspiel des Elends, wieder verlassen. Um mich von dem Unglück abzulenken, betrachte ich von Zeit zu Zeit die Gegend, die vor dem Fenster vorbeizieht, die hübschen Puppenhäuser, aus denen lachend tobende Kinder herausspringen, die

Felder, deren Grün unter der Sonne leuchtet, die Flüsse, die sich durchs Unterholz schlängeln. Mein Gott, ist es möglich? Es gibt noch Glück.

In Marseille helfen mir die Bahnbediensteten, den inzwischen Sterbenskranken auszuladen. Sie sind bestürzt über seine große Schwäche, über seine schwarzumränderten Augen, über den Schweiß, der ihm über das Gesicht rinnt, über die Fieberschauer, die seinen Körper durchlaufen, über das Blut, das durch den Verband um seinen Stumpf sickert.

Sie setzen ihn auf einem Stuhl ab, und dort, vor ihm kniend, flehe ich ihn an, zuzustimmen, daß man ihn ins Hôpital de la Conception bringt, wo er operiert worden ist. Zuerst weigert er sich, mir zuzuhören, mit dem Einwand, er habe diese Reise nicht unternommen, um sich den Medizinern zu stellen, wie man sich der Polizei stelle. Dann versucht er, mich davon zu überzeugen, daß das Schiff ihm am besten bekommen werde, daß die Seeluft wohltuend für ihn sei, daß die Sonne ihn heilen werde. Armer Narr, hast du nicht begriffen, daß gerade die Sonne dich umgebracht hat?

Als ich mich seinen absurden Plänen weiterhin widersetze, gibt er schließlich nach. Im Grunde weiß er genau, daß das Krankenhaus die einzige Lösung ist, wenn er am Leben bleiben will.

Sobald ich seine Zustimmung erhalten habe, lasse ich eine Droschke rufen; nicht, daß er seine Meinung noch ändert. Ich sitze neben ihm, während die eindrucksvollen Umrisse des Hôpital de la Conception auftauchen. Als wir durch das Eingangsportal treten, bin ich fast erleichtert, und doch streift mich flüchtig ein düsterer Gedanke: Und wenn dies hier seine letzte Station wäre?

Dienstag, 25. August
Die Ärzte sind Männer der Wissenschaft und nicht Männer des Gefühls. Mit ihrem geballten Wissen und ihrer ganzen Gelehrsamkeit, aber ohne die geringste Schonung, teilen sie mir mit, daß Arthur nicht mehr zu retten ist.

Sie bitten mich, das Zimmer zu verlassen, in dem sie ihn untergebracht haben, und draußen im Flur sprechen sie langsam, jedes Wort betonend, seine Verurteilung aus. Als ich nichts antworte, fragen sie mich, ob ich verstanden habe, was sie mir gerade gesagt hätten. Ich bejahe es mit einem Kopfnicken, den Blick ins Leere gerichtet. Ihre Worte dröhnen in meinen Schläfen. Der Flur ist nur noch ein endloser Tunnel, der schwankt. Ich bin nahe daran, in Ohnmacht zu fallen. Ich suche Halt an einer der Wände, ich ringe nach Luft, meine Hände auf dem kalten Zement sind feucht, mein Atem geht stoßweise.

Die Ärzte sind offensichtlich beunruhigt über meinen Zusammenbruch, sie bringen mir ein Glas Wasser und führen mich zu einem Stuhl. Die Worte Arthurs fallen mir wieder ein: »*Man wird sicher den Rest dieses verdammten Beins abtrennen müssen; bestimmt ist etwas darin zurückgeblieben; ich habe zu starke Schmerzen.*« Ich wiederhole sie mechanisch vor ihnen. Sie antworten mir nur: »Ja, die Krebskrankheit breitet sich aus. Aber es lohnt sich nicht, eine weitere Amputation vorzunehmen. Es ist zu spät. Er hat ohnehin nur noch ein paar Wochen zu leben.«

Ich schaue sie nicht an. Es gelingt mir nicht, sie anzuschauen. Ich starre auf einen Punkt am Boden. Ich klammere mich an diesen Fixpunkt. Ich will nicht umfallen, nicht schreien, nicht einmal weinen.

Ich wußte nicht, daß es so schwer ist, einer Wahrheit ins Auge zu sehen, die ich vom allerersten Tag an kannte.

Als ich in das Zimmer zurückkehre, spricht mich Arthur auf meine Blässe an. Ich führe meine Empfindlichkeit gegen Äthergeruch ins Feld. Ich gebe vor, das Gebäude, in dem er sich momentan befinde, verwirre mich bestimmt auch etwas. Ich schwindle schlecht, aber er bemerkt es nicht. Das Morphium hat zu wirken begonnen.

Mittwoch, 26. August

Er wird nicht wieder gesund. Er wird nicht wieder gesund.

Ich wiederhole mir innerlich die entsetzliche Prophezeiung, den unerträglichen Urteilsspruch.

Ihm gegenüber sind meine Lippen versiegelt. Als er einmal auf die Idee kommt, mich eingehend zu mustern, so, als wolle er mich auseinandernehmen, steigt mir schnell das Blut in die Wangen, Schweiß steht mir auf der Stirn, meine Augenlider flattern, meine Haut zittert, ich beiße mir auf die Lippen, ich reibe mechanisch meinen linken Arm mit der rechten Hand. Mein ganzer Körper ist ein Geständnis.

Aber er verfällt fast unmittelbar danach wieder in eine Art Koma, und ich habe den Eindruck, daß er nichts von dem Geständnis bemerkt.

Donnerstag, 27. August

Ich denke an meinen Vater, der verschwunden ist, ohne daß ich ihn kennenlernte; an meine Schwester Vitalie, die im Alter von drei Monaten starb und von der keine Spur zurückgeblieben ist, außer einem stummen Schmerz; an unsere andere Vitalie, die mit siebzehn Jahren dahingerafft wurde; an Frédéric, den ältesten Bruder, den Vertriebenen, mit dem man nicht verkehren darf. Ist es am Ende mein Schicksal, alle meine Angehörigen zu verlieren, einen nach dem anderen?

Freitag, 28. August
Ich habe mir ein Zimmer in der Stadt genommen. Gewiß, ich verbringe die meiste Zeit im Hôpital de la Conception, aber ich brauche einen Ort zum Schlafen, zum Waschen und zum Wechseln der Kleider. Es ist ein ödes, mit zusammengewürfelten Möbeln eingerichtetes Zimmer, aber hell, und es befindet sich nur wenige Schritte von der Klinik entfernt. Es ist kein Ort, um darin zu wohnen, aber eine ganz nützliche vorübergehende Unterkunft, das ist alles: Ich verlange nicht mehr. Ich bin Entbehrungen gewohnt, es macht mir nichts aus. Arthur, der mich fragt, ob ich gut untergebracht sei, antworte ich, daß ich alle Bequemlichkeit habe, die ich brauche. »Ich bin soweit zufrieden.« Ein leichtes Lächeln verzerrt seine Mundwinkel, und schon fällt er wieder in diese Apathie zurück, die mir noch fremd ist.

Heute abend werde ich einmal aufräumen und etwas putzen, ich werde Blumen mit nach Hause nehmen und alles auf meine Weise herrichten, damit es mir auch gleicht. Damit ich mich weniger fremd fühle.

Montag, 31. August
Für sein Zimmer zahlen wir zehn Francs am Tag. Als Arthur klagt, dieses Geld sei kein unerheblicher Aufwand, gebe ich ihm zu bedenken, daß er sich in den besten Händen befindet und man sich gut um ihn kümmert. Mit einem kalten Blick erwidert er mir: »Es liegt in ihrem Interesse, mich so lange wie möglich am Leben zu erhalten. Das Huhn, das goldene Eier legt, tötet man nicht, oder?«

Dienstag, 1. September
Die Injektionen gewähren ihm kürzere oder längere Pausen, in denen der Schmerz nachläßt, und während dieser Zeit zeigt er sich sanft, fast aufmerksam. Ich gebe ihm ein Lächeln zurück. Er ist mir dankbar für meine Großherzigkeit, meine Hingabe. Zumindest sagt er das. In diesen Augenblicken sind wir Bruder und Schwester. Wir baden in geschwisterlicher Liebe. Ob ihm wenigstens die Erinnerung an diese Liebe bleibt, wenn die Wirkung der Droge aufhört?

Seine Spritzen geben ihm auch etwas Hoffnung zurück. Da er keine Schmerzen mehr hat, gibt er sich der Täuschung hin, der Krebs stelle sein schmutziges Geschäft ein, die ungeregelte und unaufhaltsame Ausbreitung der Geschwüre habe aufgehört, eine Wiederherstellung sei möglich. Und ich wage nicht, ihm zu widersprechen. Es ist noch immer Zeit, ihm die Wahrheit zu sagen.

Wir belügen uns, um nicht zu weinen.

Donnerstag, 3. September
Er schreibt an Doktor Beaudier, um ihn zu bitten, daß er ihm die Prothese schickt, die er in Auftrag gegeben hat. Er erklärt, daß er mit diesem Appendix versehen »von hier weg« könne. Glaubt er das wirklich? Woher hat er diese

rasende Hoffnung? Hat ihn erneut der Rausch erfaßt, der ihn Wüsten durchqueren, ganze Kontinente durchstreifen, das Angeprangertsein verachten, die Pläne des Schicksals durchkreuzen ließ? Sollte ihm diese ungewöhnliche, diese wahnwitzige Entschlossenheit, die an Dummheit grenzt, noch immer nicht abhanden gekommen sein?

Als ich mich verwundert zeige und zu bedenken gebe, daß »im Augenblick« keinerlei Reise in Betracht komme, beginnt er, die Hindernisse aufzuzählen, die er in Afrika überwinden mußte: Er behauptet, er habe »wesentlich schwierigere« Zeiten durchgestanden.

Er erinnert sich an die drückende Feuchtigkeit, die in Port Said, dem Tor zum Suezkanal, herrschte, als er sich anschickte, das Rote Meer hinabzufahren. An den wirklich brutalen Empfang, den ihm die Kolosse des Scheichs in Dschidda bereiteten, als er Arbeit suchte, die man ihm unter keinen Umständen geben wollte. An Suakin im Sudan, wo man ihm einmal mehr erklärte, man wolle ihn nicht haben. Schließlich an Massawa, in Eritrea, wo er vor den verschlossenen Türen des französischen Konsulats stand, weil der Konsul es vorgezogen hatte, vor der Pest zu fliehen, anstatt die Kontinuität der französischen Präsenz zu sichern. Er hatte den Eindruck, überall unerwünscht zu sein. Trotzdem hat er nicht aufgegeben. Als er schließlich Hodeida in türkisch Arabien erreichte, nachdem er tagelang weder gegessen noch getrunken und unter der atemraubenden Hitze gelitten hatte, trug er nur noch Lumpen und glaubte, seine letzte Stunde sei gekommen. Aber dank der Hilfe eines dickbäuchigen Fünfzigjährigen namens Armand Trébuchet, seines Zeichens Kaufmann, der ihm eine Flasche frisches Wasser reichte, kam er noch einmal davon. Später, in Abessinien, überraschte ihn die Hochlage, die das Äquatorialklima, das er dort erwartet hatte, vom Land fernhält. Aber auch daran hat er sich gewöhnt. Er hat unendlichen Weiten, grenzenlosen Ländern, einem unglaublichen Atlas die Stirn geboten. Er ist mit Nomadenstämmen zusammengekommen, deren Sprache er nicht verstand, er hat Leichen von Frauen und Männern gesehen, die an Hunger gestorben waren und auf dieser roten Erde vergessen dalagen. Immer ist er weitergegangen. In der Gluthitze der Stadt Aden, die direkt im Krater eines Vulkans erbaut ist und deren weiße, gleichförmige Bauten wie die einer Kaserne aufgereiht sind, hat er sich bei der Arbeit aufgerieben und die schlimmsten Tätigkeiten übernommen. Er hat sich nicht entmutigen lassen. In Harar, das er nach wochenlangem Fußmarsch durch die Wüste Somalias, umgeben von Sand und Steinen, getrieben von einer Art Wut, erreichte, hat er übermenschliche Kräfte entfaltet, hat gegen die Faulheit aller andern, gegen die Trägheit eines ganzen Landes, gegen Korruption und Gewalt angekämpft, hat sich mit vollem Einsatz in die Schlacht gestürzt. Hundertmal ist er dem Tod mit knapper Not entkommen. Aber er hat überlebt. Er hat standgehalten.

»Verstehst du nun, daß mich ein krankes Bein nicht aufhalten wird? Und wie kannst du wünschen, daß ich dem Zauber Afrikas entsage?«

Sonntag, 6. September
Er hat noch mehr abgenommen, er, der ohnehin nie viel wog. Es ist erschreckend: Wo man hinschaut, ahnt man das Skelett, und man fürchtet jeden Moment, die Knochen

könnten die Haut durchbohren. Ihre oberste Schicht ist an manchen Stellen tatsächlich fast transparent. Die violetten Äderchen um seine Augen sind deutlich sichtbar. Seine Schulterblätter zeichnen sich ab, sein Adamsapfel springt hervor. Das Fleisch an seinen Armen hängt etwas faltig herunter. Sein bedauernswerter Brustkorb ist rachitisch und seine Hüften sind schmaler als je zuvor. Seinen Rücken entlang kann man jede Rippe zählen. Nur sein krankes Bein ist geschwollen, und diese Schwellung läßt sein gesundes Bein noch magerer erscheinen. Es ist ein jammervoller, fast unerträglicher Anblick, der denjenigen, die im Flur vorbeigehen und ihn durch die offene Tür auf seinem Bett sehen, Übelkeit verursacht.

Seit gestern ist sein linker Arm von einer Art Paralyse befallen. Er kann ihn reiben so lange er will, er hat kein Gefühl mehr darin, der Arm gehorcht ihm fast nicht mehr. Ich ahne, daß ihn das sehr nervös macht, daß er sich aufregt, daß er Angst bekommt, daß er befürchtet, diese Versteifung könne sich ausbreiten, diese Gefühllosigkeit könne sich in eine halbseitige Lähmung verwandeln. Nun ist er noch etwas eingeschränkter, noch etwas sklerotischer als vorher, er, der sich ohnehin kaum noch bewegt.

Die Morphiumspritzen, die man ihm immer häufiger gibt, lassen ihn in einen sonderbaren Dämmerzustand versinken. Ich kann mich einfach nicht an diese Abwesenheit, an diese Lethargie gewöhnen.

Trotzdem schläft er immer schlecht, sein Schlaf wird durch Krisen, Zuckungen, Alpträume, Krämpfe gestört. Er ist deshalb dauernd erschöpft, obwohl seine Betätigungen verschwindend gering sind. Er wirkt unsicher, benommen, verwirrt. Wer ihn seit längerem nicht gesehen hat, würde ihn nicht wiedererkennen. Seine Freunde aus Afrika, die ihm freundliche Briefe schreiben, würden hinter diesem gespenstischen Greis kaum den heißblütigen Reisenden vermuten.

Aber in Wirklichkeit genügt es, daß er die Augen öffnet, um erneut ganz und gar er selbst zu sein, einmalig, augenblicklich erkennbar. Der Glanz der Augen ist unangetastet. Man liest eine entsetzliche Entschlossenheit darin.

Mittwoch, 9. September
Es kommt vor, daß er den Verstand verliert. Manchmal wacht er unvermittelt auf, als käme er aus unendlichen Tiefen zurück, und erkennt mich nicht. Er betrachtet mich sonderbar und fragt schließlich: »Wer bist du?« Es braucht eine unvorstellbare Tapferkeit, um nicht in Schluchzen auszubrechen, um nicht wegzulaufen. In anderen Momenten erinnert er sich nicht mehr, warum er hier im Hôpital de la Conception ist. Er fragt die Krankenschwestern, die entweder in ihrer Arbeit fortfahren, als hätten sie nichts gehört, oder beruhigend auf ihn einreden, wie man es mit Kindern oder senilen Alten macht. Er versucht bisweilen aufzustehen, aber er kann sich nicht auf seine Arme stützen, sie versagen ihm den Dienst, und er beschränkt sich darauf, herumzugestikulieren und ruft, man solle ihn losbinden, obwohl er gar nicht festgebunden ist. Dieser Anblick ist einfach entsetzlich. Es ist der Anblick eines Menschen, der sich verliert, der sich vergißt.

Freitag, 11. September
Heute morgen teilt er mir auf eine Weise mit, die keinen Widerspruch duldet, daß er zu heiraten gedenkt. Es sei höchste Zeit, eine Frau zu nehmen, meint er. Er versichert, seine Tage seien gezählt, er müsse also seine Situation so rasch wie möglich regeln. Er spricht von der Ehe wie von Geschäften, die in Ordnung zu bringen sind, wie von einem Stück Land oder von Vieh, das man kauft oder verkauft. Ich kann ihm so oft ich will wiederholen, daß er niemanden kennt und daß diese Hochzeit aus Mangel an einer Kandidatin ganz einfach nicht in Betracht zu ziehen ist, er hält mir vor, daß es sich um ein Unternehmen von höchster Dringlichkeit handle. Ich bringe nicht den Mut auf, ihm sehr lange zu widersprechen.

Dagegen ist er bei klarem Verstand, da bin ich mir ganz sicher, als er zu mir sagt: »Es ist ein ziemlich großer Kummer für dich und für unsere Mutter, daß ich nicht geheiratet habe und nicht Vater geworden bin, nicht wahr? Ihr habt es lange gehofft, oder? Ich konnte nicht anders, ich mußte euch enttäuschen.«

Ja, ich gebe es zu, wir haben oft diesen alten dummen Traum geträumt, daß er eine Familie gründen würde, Kinder aufzöge, sich irgendwo fest niederließe, einen ehrenwerten Beruf ausübte. Wir dachten, das würde ihn vor den Flammen der Hölle retten.

Er behauptet, er habe nie besonders gut mit Frauen umgehen können. Er habe auch nie mit ihnen reden können. Seine Ungeschicklichkeit im Umgang mit ihnen sei rasch in Aggressivität umgeschlagen, sein Unbehagen in Ungeduld.

Zur Erklärung dieser Unfähigkeit, auf Frauen zuzugehen, führt er anklagend an, er habe nur die Forderungen seiner Mutter gekannt, ihre quälenden Bitten, nach Hause zurückzukehren, ihren angestauten Zorn, ihre verzweifelte Zärtlichkeit, ihre ausgestreckten Hände und ihre abweisenden Arme. Er erinnert sich auch an die reine und ernste Zuneigung Vitalies, aber diese Zuneigung sei erstickend gewesen: Er habe oft das Bedürfnis verspürt, sich ihr zu entziehen. Er versichert mir, er hänge sehr an mir, aber die Gestalt einer Schwester könne einen von der Liebe zu anderen Frauen abhalten. Er erklärt mir, in Wirklichkeit sei er fast von Anfang an für die Frauen verloren gewesen. Mir scheint, er sagt dies ohne Bedauern.

Konsequenterweise haben Männer die entscheidende Rolle in seinem Leben gespielt. Mit sechzehn Jahren hatte er keine, oder fast keine Erfahrung. Er begnügte sich damit, die Verlockungen zu spüren. Er war in der Lage, sie zu deuten. Hat ihn das erschreckt? Weniger als ich wünschte. Mit siebzehn Jahren war alles entschieden: Er hatte die unbeschreiblichen Umarmungen entdeckt. Er hatte die unerhörten Gesten gelernt.

Zum Schluß sagt er, wie um ein wenig Balsam auf meine wunde Seele zu gießen: »Sei versichert, mein Verlangen nach Männern ist mir ziemlich schlecht bekommen.«

Ich schreibe diese Worte zitternd nieder. Ich mache es mit Rücksicht auf die Wahrheit, und weil ich nichts von seinen letzten Augenblicken verlieren möchte, weil dieses Tagebuch nur aus einem Grunde da ist: Die Spur festzuhalten, die er im Moment, da er aus dieser Welt scheidet, hinterläßt. Ich will ehrlich sein, will nichts unterschlagen, will seine Worte genau wiedergeben. Aber wenn die Zeit kommt, wo ich meinen Bruder der Nachwelt ausliefere, wo ich

Zeugnis von seinem Leben und Werk ablege, werde ich mit der Wirklichkeit Kompromisse schließen müssen. Im übrigen ist es weder Fälschung noch Verrat, das zu zensieren, was die guten Sitten beleidigt. Im Gegenteil, man sollte es mir danken, daß ich beabsichtige, die anstößigsten Details und die skandalösesten Episoden zu tilgen. Arthur Rimbaud kann nicht besudelt in die Geschichte eingehen.

Sonntag, 13. September
Außerdem hat er selbst beschlossen, denen, die nach ihm kommen, die sich seiner bemächtigen werden, wenn er erst gestorben ist, die ihm ein ewiges Andenken fabrizieren werden, nicht alles zu hinterlassen. Er selbst hat sich eines Abends entschieden, den Nachlebenden das zu entziehen, was er glaubte, ihnen verbergen zu müssen. Denn ich habe ihn eines Tages dabei beobachtet, wie er seine Manuskripte verbrannte, ein ungeheures Freuden- und Zornesfeuer mit den beschriebenen Seiten machte und ein richtiges Autodafé veranstaltete. Ja, er hat alles voll Wut in unseren Kamin geworfen, die Flammen schlugen hoch, und Funken prasselten in unsere Küche. Ich sah brennende Papierfetzen herumfliegen, ehe sie schwarz und erloschen, zu Asche verglüht, auf den Boden fielen. Ich habe ihn dabei beobachtet, wie er die Sätze vernichtete, die er einmal geschrieben hat. Er hat sie in seiner Seele und in seinem Bewußtsein unterdrückt, hat sie aus seinem Gedächtnis gestrichen, damit sie niemals in dem unsrigen Gestalt gewinnen können. Ich habe keinen Grund zur Annahme, daß diese Sätze weniger von einer tiefen inneren Wahrheit geprägt waren als die, die er uns am Ende gelassen hat. Er hat es nur einfach vorgezogen, sie für sich zu behalten, sie mit sich zu nehmen. Er wollte uns nicht damit belasten, wollte uns nicht auf die

Probe stellen. Wer würde ihm dies vorwerfen wollen? Es war die Handlung eines freien Menschen, selbst wenn es wie eine Wahnsinnstat aussah. Heute ist er nicht mehr in der Lage, das Gute vom Schlechten zu unterscheiden, deshalb obliegt es mir, diese schwere Aufgabe zu übernehmen. Gibt es jemanden, der besser geeignet wäre als ich, die Auswahl zu treffen, wenn er nicht mehr unter uns sein wird? Wenn es jemanden gibt, soll man ihn mir nennen, und ich werde mich beugen. Ich bin ganz gelassen: Man wird niemanden nennen, und ich werde allein damit zurechtkommen. Ich verspreche, daß ich ihn nicht verraten werde. Und ich werde dafür sorgen, daß er nicht beschmutzt wird.

Dienstag, 15. September
Es ist entsetzlich, er kommt nicht von seinen Zwangsvorstellungen los. Die, wieder nach Aden zu gehen, verfolgt ihn und läßt ihm keine Ruhe. Selbst im Schlaf redet er von der Rückkehr nach Aden.

Heute, in seinem Fieberwahn, hat er einen Namen genannt: Djami. Er nannte ihn mehrmals. Er sagte: »Ich muß Djami da unten in Aden wiederfinden.« Als er wieder bei Sinnen ist, erinnere ich ihn an die Worte, die er im Schlaf gesagt hat. Er vertraut mir an, daß Djami ein junger Abessinier ist, zwanzig Jahre alt, schweigsam, mit brauner Haut und klaren Augen. Er hat ihn am Fuß des entsetzlichen Felsens getroffen, mitten im Glutofen.

Jetzt ist er imstande, mir die Geschichte zu erzählen: »Vor ihm wußte ich nicht, daß sich ein Gefühl allmählich einschleichen kann. Ich dachte, es sei eines Tages einfach da, wie eine unwiderlegbare Gewißheit. Bei ihm ist es ganz langsam gekommen, ohne daß ich es bemerkte. Ich begegnete ihm jeden Tag, ich sah ihn kaum, nichts zog mich zu ihm hin. Und eines Morgens begriff ich plötzlich. Ich begriff, daß seine Gegenwart ein Balsam für mich geworden war, daß seine Abwesenheit eine brennende Wunde hinterließ. Eines Morgens, als er an meiner Seite lag, wurde mir bewußt, daß ich nicht mehr ohne ihn leben konnte.

Es gibt Menschen, die ein Leben brauchen, um das zu werden, was sie sind: Ich gehöre zu ihnen.

Und doch hatte ich mir geschworen, daß es mir nie wieder passieren würde. Du kannst dir nicht vorstellen, welche Widerstände ich besiegen, welche Hemmungen ich überwinden, welche Illusionen ich hinter mir lassen mußte, um mich als Liebenden annehmen zu können.

Nein, Isabelle, ich bitte dich, senke nicht die Augen, setze nicht diese angewiderte Miene auf. Du mußt mir zuhören. Du mußt mir jetzt zuhören. Ich weiß, daß unsere Mutter dich vor ›meinen Abstürzen‹, wie sie es nennt, gewarnt hat. Daß sie mich verurteilt hat, weil ich mich ›von dem, was gute und anständige Eltern erlauben und billigen können‹, entfernt habe, wie sie an Verlaine geschrieben hat. Aber du mußt verstehen, daß das, was ich dir erzähle, eine Liebesgeschichte ist.

Und wenn du, die auf einem Hof groß geworden ist, mit dem guten Geruch des Getreides und des Drecks, der an den Schuhen haftet; du, die Gott in die Arme geworfen wurde, wie man eine Tracht toter junger Welpen in einem Sack in den Fluß schleudert; du, die man in Unwissenheit und Bigotterie hat aufwachsen lassen; wenn du dich dazu verstehst, ein menschliches Abenteuer wie dieses zu billigen, dann gibt es Gründe, nicht völlig zu verzweifeln.

Möchtest du mir diesen Funken Hoffnung lassen?

Ich versichere dir, daß ich ernstlich glaubte, mit der Lust, mit dem Fleisch, mit dem Schmerz abgeschlossen zu haben. Meine Hoffnung war vergeblich. Ich hatte zu diesem Zeitpunkt bereits meine Absicht zu heiraten bekanntgegeben. Djami hat diese schönen Pläne vereitelt.

Mit ihm habe ich die Glut, das Fieber, die inneren Brände wiederentdeckt. Und im selben Zug haben die wundervolle Feinporigkeit seiner Haut, sein seltenes und müdes Lächeln, seine sanfte Aufmerksamkeit, seine sparsamen Gesten, seine stille Gegenwart über alle meine Erwartungen hinaus mir Ruhe gegeben.

Er war da, als kein Mensch mehr da war. Er hat alles erhalten, weil er nichts verlangte. Er wachte wie ein Bruder über mich. Er teilte mein Lager.

Du sollst wissen, daß er mir in einer Stadt namens Kairo das Leben gerettet hat. Seine unendliche Geduld und eine immerwährende Zuneigung haben mich davon abgehalten, meinem Leben ein Ende zu setzen. *Meine Haare waren völlig ergraut*, und er hat mir die Jugend wiedergeschenkt.

Wenn ich so unbedingt nach Afrika zurückwill, dann seinetwegen. Um dort, wo ich ihn verließ, den Blick wieder aufzunehmen, den er mir zuwarf, als die Träger mich auf eine Bahre hoben, um mich nach Aden zu bringen, von wo aus ich mich nach Marseille einschiffte. Um ein letztes Mal lebendig zu sein.«

Lebendig, ein letztes Mal.

Donnerstag, 17. September

Was ist das, ein Mann zu sein, Arthur?

Was würde er mir antworten, wenn ich ihm diese Frage stellte? Würde er das Gesicht abwenden, um mir seine Ablehnung zu bekunden? Würde er die Augen zum Himmel kehren, um mir zu zeigen, wie absurd diese Frage ist? Oder würde er den Blick zu Boden senken, wie um in sich selbst zu forschen? Oder würde er mich am Ende starr, unbewegt, ratlos, entwaffnet ansehen? Wie? Wem oder was würde sein Gesicht gleichen in diesem Augenblick der Wahrheit? Würde sich eine Grimasse, ein Seufzer der Verzweiflung darauf zeigen? Die Stille innerer Sammlung? Ein trauriger und verwirrter Ausdruck? Während er daliegt, wie nur Leichen daliegen, mit seiner wächsernen, undurchdringlichen Maske, den erschöpften Zügen, den tiefliegenden Augenhöhlen, den Kindergliedern, dem zerfallenden Körper, was würde er mir da auf die Frage, was ein Mann ist, antworten?

Würde er die triumphierende Gestalt des Heranwachsenden beschwören, die ruhige und wunderbare Anmut, die Selbstsicherheit ohne jede Arroganz, die Ausstrahlung seiner sechzehn Jahre? Wird man ein Mann, wenn der Körper sich entwickelt und die Sinnlichkeit plötzlich überbordet?

Würde er mir von Leibern erzählen, die sich ineinander verkeilen, von Händen, die geschlossene Lider streifen, von Fingern, die sich verknoten, von Beinen, die sich um die Taille eines anderen schlingen? Ist man ein Mann, wenn man die fleischliche Lust erprobt hat?

Würde er es über sich bringen, von seiner Dichtung zu sprechen, von seinen Versen, die zukünftige Jahrhunderte erleuchten werden, von seinen so gut gewählten, so gut komponierten Worten, für die die Konformisten kein Auge hatten und die die Sehenden in Erstaunen versetzten? Ist ein Mann sein Werk?

Würde er von der Haut erzählen, die sich der Sonne aussetzt, von den angespannten Muskeln, vom Körper, der

Widerstand leistet, von den Armen, die sich am Fels stoßen? Muß man tatsächlich das widrige Geschick überwunden haben?

Würde er die Zeit anführen, die formt, die Klugheit, die prägt, die Prüfungen, die abschleifen, die Jahre, die an uns meißeln, bis wir den Marmorstatuen zum Verwechseln ähnlich sehen, die, von Efeu überwuchert, in Gärten stehen? Ein Mann sein, heißt das nichts anderes als altern?

Ist ein Mann das, was er hinterläßt, was er weitergibt? Ist unser Erbe der Beweis unserer Existenz? Oder zählt vielleicht nur der Augenblick?

Ist man die Summe seiner Ängste, seines Grolls, seines Kummers, seiner Leiden? Oder die Summe seiner Umarmungen, seiner Hingaben, seiner Begierden, seiner Lust? Oder ist man beides?

Er gibt keine Antwort auf die Fragen, die ich ihm nicht stelle. Er ist ein Rätsel, und ich bin eine Unwissende.

Sonntag, 20. September
Während ich ihn dabei beobachte, wie er vor Schmerz das Gesicht verzieht und sich verzweifelt an seinem angeschwollenen Stumpf festklammert, denke ich erneut, daß er genau dort getroffen worden ist, wo seine Kraft und sein Lebensantrieb saßen: am Bein, das den Marschbefehl erteilt. Sollte er es zu sehr überanstrengt haben? Er hätte ja auch Tuberkulose bekommen können, Malaria, irgendeine dieser Krankheiten, die man in Afrika fängt. Aber nein, das Übel hat es vorgezogen, das Bein anzugreifen, um ihn am Gehen zu hindern, um ihn zum Anhalten zu zwingen,

um ihn schließlich dazu zu bringen, dieser verzweifelten Flucht, diesem Davonlaufen, das vor mehr als zwanzig Jahren begonnen hat, ein Ende zu bereiten.

Er war für unendliche Weiten geschaffen, für wilde Ritte. Die Grenzenlosigkeit ist die einzige Größe, die für ihn angemessen gewesen wäre.

Dienstag, 22. September
Ich schreibe an unsere Mutter. Ihr gegenüber mache ich keinen Hehl aus der Wahrheit. Ganz im Gegenteil, ich teile sie ihr ganz nackt, ganz schonungslos mit. Ich sage ihr, daß Arthur sterben wird, daß das jetzt sicher ist, daß man sich keinerlei Hoffnungen mehr machen darf. Ich sage ihr die Details, die ich von den Ärzten erfahre. Sie muß mir glauben, sie soll nicht denken, ihre Tochter sei wirr vor Kummer oder von dem langen Aufenthalt im Hospital. Sie muß erfahren, daß kein Zweifel mehr erlaubt ist. Die letzte Ungewißheit, die noch bleibt, ist die Dauer seines Todeskampfs. Es können noch mehrere Wochen sein, oder es kann in diesem Augenblick zu Ende gehen, wenn *unvorhergesehene Komplikationen* eintreten. Ich bemühe mich, objektiv zu bleiben, soweit man das angesichts solcher Aussichten sein kann.

Und dann weise ich sie darauf hin, daß sie sehr selten schreibt. Daß ich mich sehr allein fühle. Und daß mein Todkranker darüber verwundert sein dürfte, wie wenig Beachtung sie ihm schenkt. Ich weiß natürlich, wie beschäftigt sie ist, welche Last auf ihren Schultern ruht, welche Schwierigkeiten sie mit den Dienstboten hat. Ich kenne auch die ihr eigene Zurückhaltung: Sie hat ihren Kummer immer für sich behalten. Aber das alles, und auch die räumliche Distanz zwischen uns, vermag eine solche neuerliche Entfernung nicht zu erklären. Es gibt manchmal ein Schweigen, das sicherer verletzt als eine Beleidigung. Und Gleichgültigkeit, die einem Aufgeben zum Verwechseln gleicht.

Samstag, 26. September
Wenn er am Tag schläft, wird er plötzlich aus dem Schlaf gerissen, er sagt, er wache durch einen Schlag auf, der gleichzeitig das Herz und den Kopf treffe; wenn er nachts schläft, hat er fürchterliche Träume und ist so steif, daß er keine Bewegung mehr machen kann, der Nachtpfleger hat ihn schon in diesem Zustand angetroffen, und er schwitzt, er schwitzt Tag und Nacht, egal ob es kalt oder warm ist. Seit sein Verstand zurückgekehrt ist, weint er häufig, er will noch nicht glauben, daß er gelähmt bleiben wird (wenn er nur am Leben bleibt!). Er klammert sich ans Leben, an die Hoffnung, wieder gesund zu werden, und da er sich noch immer sehr krank fühlt, und sich die meiste Zeit über seinen Zustand im klaren ist, beginnt er, an dem, was die Ärzte ihm sagen, zu zweifeln, er beschuldigt sie, sich über ihn lustig zu machen oder bezichtigt sie der Unwissenheit. Er möchte so gerne leben und wieder gesund werden, daß er bereit ist, jede Behandlung, so unangenehm sie auch sein sollte, über sich ergehen zu lassen. Er möchte unbedingt sein künstliches Bein haben, um Gehversuche zu machen, er, der seit einem Monat nur aus dem Bett kam, um nackt auf einen Stuhl gesetzt zu werden, so lange die Laken gewechselt wurden! Er weint, wenn er seinen Zustand von vor einem Jahr mit dem von heute vergleicht, er weint, wenn er an die Zukunft denkt und daran, daß er nicht mehr wird arbeiten

können, er weint über die Gegenwart, in der er grausam leidet, er nimmt mich in die Arme und fleht mich an, ihn nicht zu verlassen. Ich kann gar nicht sagen, wie sehr er zu bedauern ist, alle hier haben großes Mitleid mit ihm; man ist so gut zu uns, daß wir nicht einmal Zeit haben, unsere Wünsche auszusprechen: Man kommt ihnen zuvor. Man behandelt ihn wie einen zum Tode Verurteilten, dem man nichts abschlägt.

Montag, 28. September
Was denken sie von mir, wenn sie mich so gefaßt sehen? Daß ich gefühllos bin? Verlassen sie sich, was das anbetrifft, auf den Augenschein? Sind sie, was das anbetrifft, unfähig, zu spüren, daß ich jeden Augenblick heulen möchte, wie ein Hund, der zu lange an der Leine lag, und daß ich es nicht tue, weil ich glaube, daß die Würde am Ende siegen wird? Begreifen sie nicht, daß ich in den tristen Fluren dieses Hospitals das Weinen unterdrücke, daß ich meine Tränen hinunterschlucke, wie man es mich seit meiner Kindheit gelehrt hat, daß ich mich zwinge, nicht nachzugeben, weil man in unserer Familie nicht nachgibt? Glauben sie wirklich, daß ich ohne etwas zu empfinden durch diese Prüfung gehe, ohne von Kummer, Angst und Verzweiflung zerrissen zu werden? Ziehen sie niemals in Betracht, daß die Weiße meines Gesichts nur eine Maske sein könnte, die meinen Schrecken, meinen Wunsch aufzugeben, meine Ohnmacht verbirgt? Begreifen sie, daß ich ungeheure Anstrengungen unternehme, nur um nicht verrückt zu werden? Ich möchte ihnen sagen, daß mein Kummer und meine innere Verwirrung grenzenlos sind, möchte sie in den Augenblicken der größten Verzweiflung zu Hilfe rufen, möchte auf die Knie fallen und vor ihnen kriechen, da-

mit sie endlich ein wenig Mitleid mit mir haben, aber ich habe schon immer eine Abneigung gegen Leute empfunden, die sich gehen lassen, und daher finde ich mich mit ihrer schweigenden Verachtung und ihrer Ignoranz ab. Und dann erinnere ich mich zu sehr an den Leidensweg meines Bruders, um mir eine Klage entschlüpfen zu lassen. Aber ich weiß genau, woran ich bin. Ich weiß, daß mich diese Tage aufbrauchen, zerstören, vernichten, und daß das, was mich von nun an erwartet, nur noch die Existenz eines Hinkenden, eines unheilbar Kranken ist.

Donnerstag, 1. Oktober
Pater Suche ist ein ehrenwerter Mann. In seiner Eigenschaft als Krankenhausgeistlicher obliegt es ihm, die Messe in der Kapelle zu lesen. Sonntags sind wir ein paar Leute, die ihm zuhören. Seine Schäflein sind Sterbende und die, die sie begleiten. Man muß diese Versammlung Hinkender, Gebrechlicher, Niedergeschlagener und diese traurigen, bedrückten, erschöpften Körper gesehen haben, die sich dank einer Predigt ein wenig aufrichten und die Kommunion empfangen.

Der Pater weckt indessen keine falschen Hoffnungen und verspricht nichts, was der Herr nicht erfüllen kann. Er richtet es auch so ein, daß er nicht über das Jenseits redet. Er wählt seine Worte und seine Bilder sorgfältig, er spricht von Liebe und Erlösung, und wir glauben es.

Was mich angeht, so fühle ich mich ein wenig von meiner Last erleichtert, sobald seine sanfte und ruhige Stimme zwischen den Mauern dieses schlichten Gotteshauses erklingt. Ja, es ist, als wäre ich weniger beschwert, weniger bedrückt.

Pater Suche gebraucht einfache Worte. Ich habe keine lyrischen Anwandlungen bei ihm beobachtet, und seine

Lesung der Heiligen Schrift ist gut verständlich für bescheidene Seelen, wie ich eine bin. Seine Menschlichkeit ist tief, aber jedem zugänglich. Er schwebt nicht in Höhen. Er führt uns bescheiden auf dem Weg, der noch vor uns liegt.

Samstag, 3. Oktober

Arthur verlangt, daß ich ihm den Kopf glattrasiere. Er erträgt es nicht mehr, daß die Haare feucht an seinen Schläfen und seinem Hals kleben. Und er hat genug von dem Jucken. Ich zögere etwas, weil ich befürchte, daß diese Maßnahme die entsetzliche Magerkeit seines Gesichts noch unterstreichen und seine eingefallenen Züge noch mehr hervortreten lassen wird. Aber da er darauf besteht und seine Bitte einem Befehl gleichkommt und keinerlei Widerspruch duldet, füge ich mich. Ich entferne den größten Teil seiner Haare mit der Schere, die mir eine Schwester gegeben hat, dann rasiere ich ihm den Rest mit Hilfe eines Rasiermessers ab. Ich fahre über die Höcker, ich passe mich den Höhlungen an. Da meine ungeübte Hand zittert, schneide ich ihn über dem Ohr, und ein dünner Streifen Blut rinnt bis zum Ohrläppchen. Als ich fertig bin, bittet er mich um einen Spiegel. Er sieht sich lange an, als entdeckte er sich, als machte er Bekanntschaft mit diesem anderen, der in einem Spiegel eingefangen ist. Als er mit seiner Inspektion fertig ist, sagt er: »Ich rasiere mir den Kopf nur bei besonderen Gelegenheiten. Das letzte Mal war es wegen Vitalies Tod. Wir werden bestimmt bald jemanden begraben.« Und er bricht in ein sardonisches Lachen aus, dessen Echo ich gewiß bis ans Ende meiner Tage hören werde.

Sonntag, 4. Oktober

Gerade haben wir das künstliche Bein bekommen, wir hatten nicht mehr damit gerechnet. Doktor Beaudier hat Wort gehalten. Er schickt uns diesen seltsamen Appendix, diese merkwürdige Mechanik. Die Prothese liegt blitzend in ihrem Koffer, fertig zum Gebrauch. Ich freue mich, sie Arthur zeigen zu können, der schon etwas ungeduldig geworden war und daran gezweifelt hatte, ob sie jemals kommen würde. Aber mein Bruder hat einen jener Tage, an dem seine Moral auf dem Tiefpunkt angelangt ist, an dem ihm alles verloren scheint, an dem ihn nichts aus seiner bleiernen Erstarrung reißen kann. Er sagt mit schwacher Stimme, diese Ersatzlösung komme zu spät, sein Stumpf werde ein solches Geschirr nicht aushalten können. Er sagt, er sei überzeugt, daß er nie wieder in der Lage sein werde zu gehen. Plötzlich ist sein armes Gesicht tränenüberströmt. Ich lege mein überflüssiges Mitbringsel auf das Bett und ergreife die Hände meines Todkranken. Ich rate ihm, nicht mehr daran zu denken und sich auszuruhen. Er verfällt fast sofort in eine Art Koma.

Montag, 5. Oktober

Die Ärzte belügen ihn.

Mir versichern sie, ohne zu zögern, daß sein Zustand hoffnungslos sei, daß man nur noch auf den Tod warten könne, daß seine Tage von jetzt an gezählt seien, daß selbst ein Wunder außer Reichweite liege. Sie lassen durchblikken, daß sie tatsächlich über seine Widerstandskraft verblüfft sind, daß sie sich über seine Zähigkeit wundern, und die Tatsache, daß er noch am Leben ist, stellt für sie ganz einfach eine Infragestellung der Medizin und ihres Wissens dar. Sie fügen in einem etwas leiseren Ton hinzu, daß ich fast glücklich sein könnte, ihn noch bei mir zu haben, wenn »sich nicht dieses furchtbare Drama anbahnen würde«. Sie versichern, im allgemeinen sei der Todeskampf sehr viel kürzer.

Aber wenn sie bei ihm auftauchen anläßlich ihrer feierlichen Visiten, die Prozessionen oder heranbrandenden Wellen gleichen, dann sind ihre Worte voller Zuversicht. Sie behaupten, das Fortschreiten der Krankheit sei eingedämmt, der Körper reagiere positiv auf die Medikamente, die sie verordnet hätten, die Morphiuminjektionen würden reduziert, wenn die Besserung sich bestätige, sein Stumpf sei abgeschwollen, neue Behandlungsmethoden, die »vielversprechend« seien, würden vielleicht angewandt, kurz, die Aussichten seien gut. Ich nehme an, ihnen geht es darum, nicht auch noch eine Depression zum Krebs hinzukommen zu lassen, aber in diesem Stadium kann man nicht mehr von einem gutgemeinten Verschweigen oder einer Verfälschung der Tatsachen sprechen: Es sind einfach Lügen, schamlose Lügen.

Und ich lasse sie reden, weil ihre Worte Arthur zu beruhigen scheinen. Weil er ihnen im Moment zu glauben scheint. Und wenn er ihnen nicht glaubt, dann tut er zumindest so. Also muß auch ich mich dieser Tragikomödie beugen. Während die Gelehrten sich unterhalten, verziehe ich keine Miene. An manchen Tagen bekräftige ich ihr verlogenes Gerede sogar mit einem »du siehst, es besteht keine Ursache, sich zu beunruhigen«, was zweifellos wenig überzeugend, aber immerhin gutgemeint ist.

Im Grunde mögen wir alle, die einen wie die anderen, die Wahrheit nicht hören.

Dienstag, 6. Oktober
Ob er trotzdem manchmal an den Tod denkt? Man kann mir nicht weismachen, daß er das nicht tut. Es ist unmöglich, so zu tun, als wäre der Tod nicht überall, als schliche er nicht herum. Ganz bestimmt fühlt er, daß seine letzte Stunde naht. Wie sollte er, trotz der Lügen der Ärzte, nicht sehen, daß die Verwesung um sich greift, daß eine Art Schimmelpilz seinen Stumpf jeden Tag ein wenig mehr zersetzt, daß seine bisweilen auftretende Bewußtlosigkeit durch die auf das Gehirn übergreifenden Metastasen verursacht wird, daß sein Alterungsprozeß immer rascher fortschreitet, daß sein Lebenslicht flackert? Ich bin überzeugt, daß er bisweilen unser Getuschel mitbekommt, die Beunruhigung und die Ängste, die sein Zustand auslöst, die Spekulationen, die wir für uns über die Zeit anstellen, die noch bleibt, die Chancen, die wir errechnen und die mit jeder Gewichtsabnahme und jedem Kräfteverlust geringer werden. Er spürt zwangsläufig, daß ihn jede Anstrengung erschöpft, daß ihn jede Bewegung schwächt, daß die Laken auf der Haut scheuern, die in Fetzen abgeht. Wie sollte er den herannahenden Tod nicht wahrnehmen?

Und gewöhnt man sich am Ende vielleicht an diesen Gedanken? Wird er einem vertraut, fast tröstlich? Ergibt man sich ruhig, ohne sich dagegen zu wehren? Akzeptiert man das Schicksal, wenn man nicht mehr in der Lage ist, sich ihm entgegenzustellen? Gibt man eines Tages oder eines Abends einfach auf? Erlaubt man der schwarzen Gestalt, sich einzuschleichen? Kommt der Moment, wo man sich endgültig eingesteht, daß jeder Widerstand vergeblich ist, daß der Kampf ausgekämpft ist?

Ich bin mir sicher, er würde diese Selbstaufgabe zurückweisen. Ich kenne ihn: Er wird bis zur letzten Sekunde, bis zum letzten Atemzug kämpfen. Er wird nicht aufgeben, er wird sich nicht in Gottes Willen schicken. Entgegen aller Wahrscheinlichkeit wird er glauben, er komme noch einmal davon. Er wird sich erinnern, daß er andere Gefahren besiegt hat.

Er hat in Abgründe geblickt. Er ist zu wiederholten Malen fast hineingestürzt. Aber am Ende ist er doch nicht gestürzt. Frei schwebend über der Leere, hat er den Fall nicht kennengelernt. Es ereigneten sich unerwartete Einbrüche, Abstürze, Pleiten, Entmutigungen, aber immer hat das Leben gesiegt. Im Angesicht der Sonne hat er weitergelebt.

Und genau in dem Augenblick, wo ich diese Zeilen niederschreibe, streift die Sonne wieder über seine zitternde Haut, über sein abgemagertes Gesicht, über seinen ausgemergelten Körper. Ein blaßgelber Strahl, der ihn die geblendeten Augen schließen, der seine Falten tiefer erscheinen läßt.

Donnerstag, 8. Oktober

Als ich die Antwort lese, die mir unsere Mutter schickt, wird mir bewußt, daß es ein großer Fehler von mir war, ihr gegenüber eine Art Betroffenheit, gemischt mit Angst, erkennen zu lassen. In dem Brief, der gerade eben gekommen ist, schreibt sie: »Diese Krankheit ist eine Strafe Gottes, meine Tochter. Dein Bruder zahlt für seine Sünden, täusche Dich nicht. Auch wenn unser Kummer groß ist, mußt Du immer daran denken, daß es eine Ungerechtigkeit gewesen wäre, wenn ihm seine Sünden erlassen worden wären. Und deshalb bist Du nicht in Gefahr, angesteckt zu werden. Der Allmächtige täuscht sich nie: Er weiß, wer sein treuer Diener ist.« An dem Tag, an dem man mich nach meiner Familie fragen wird, werde ich diese Zeilen vernichtet haben.

Freitag, 9. Oktober

Seit neuestem will Arthur nur noch von mir gepflegt werden. Er mißtraut den Krankenschwestern, er beschuldigt sie, grob und gefühllos zu sein und verdächtigt sie, sich aus purer Grausamkeit nicht richtig um ihn zu kümmern. Nun gebe ich ihm also seine Medikamente. Ich reibe ihn auch ein. Man hat mir Öle, Essenzen und Salben gegeben. Ich muß allein damit zurechtkommen. Ich massiere seinen verkrampften Rücken, sein sklerotisches Bein, seine kranke Haut. Ich lege ihm auch mit Hilfe von Flanell neue Verbände an. Ich nötige ihn, Milch zu trinken, in der Hoffnung, dadurch einen Darmverschluß zu verhindern. Ich lerne die Handgriffe, die nötig sind. Ich lerne sehr schnell.

Man läßt mich sogar die Elektroden an seinem Arm anlegen, die Elektroschocks sollen bewirken, daß die Sensibilität zurückkehrt. Der Techniker, der dies bisher übernahm, hat mir gezeigt, wie ich es machen muß. Von jetzt an kann ich die Apparatur an seinen Gliedern anbringen und das Zittern seiner Haut und die Verkrampfung seiner Hände entsprechend stimulieren. Ich stelle fest, daß die Reaktionen von Mal zu Mal schwächer werden und mein Bruder allmählich die Beweglichkeit aller Glieder einbüßt. Geben wir es ohne Umschweife zu: Ich versorge einen Gelähmten. Einen Krüppel. Einen Bettlägrigen.

Sonntag, 11. Oktober
Ich versuche, seine Schmerzen zu lindern, aber die Krisen folgen immer schneller aufeinander. Ich füttere ihn, aber er verweigert die Nahrung oder gibt sie wieder von sich, kaum daß er sie geschluckt hat. Ich mache sein Bett, aber schon eine Stunde später sind die Laken wieder völlig zerwühlt. Morgens lege ich ihm neue Verbände an, die sich auflösen, ehe es Abend ist. Ich rede mit ihm, aber er verfällt immer häufiger in eine tiefe Lethargie. Ich wechsle seine Wäsche, aber der Schweiß und das Blut zwingen mich, die Aktion zu wiederholen. Alles ist zum Scheitern verurteilt. Alles ist vergeblich. Mutlosigkeit befällt mich. Ich glaube, es ist höchste Zeit, daß der Tod kommt.

Montag, 12. Oktober
Arthur erhält Besuch von einem Freund aus Afrika. August Bernard ist einer der Franzosen, die in Aden leben, er widmet sich dort dem Handel. Er war in jenem verhängnisvollen Monat Mai, als man meinen Bruder amputierte, schon einmal da. Es ist also sein zweiter Besuch. Und natürlich ist er bestürzt über das Schauspiel, das sich ihm bietet. Er schreckt zunächst zurück. Er kann den verstörten, verwirrten Blick unseres Kranken kaum aushalten, kann seinen zu Grunde gerichteten Körper, der den Leichnam vorwegnimmt, kaum ansehen. Als er endlich in der Lage ist, ihn genauer zu betrachten, hat man den Eindruck, daß es ihm schwerfällt, ihn wiederzuerkennen. Er sucht denjenigen, der er war, den Mann auf seinen beiden Beinen, den unermüdlichen Wanderer, den strengen Kaufmann, den wortkargen, aber strahlenden Freund. Und er findet ihn nicht mehr. Arthur ist nur noch ein Gespenst, ein Schatten. Er ist nur noch in der Erinnerung strahlend.

Wir, er und ich, ziehen uns zurück. Und im Flur vertraut er mir seine Bestürzung, seine Betroffenheit an. Vergeblich versuche ich, ihn aufzurichten. Der Mann weint über die Jugendjahre, die zweifellos schön gewesen waren und die nicht wiederkommen werden. Er weint über die vergangenen Eroberungen, die die zukünftigen Verluste ankündigen, über die Siege von gestern, die die Niederlagen von morgen sind. Ich umarme diesen Mann, obwohl ich ihn zum ersten Mal sehe. Aber es ist nicht schamlos, es ist nicht unpassend. Unsere Nähe ist die der um ihren Besitz Gebrachten.

Dann, als er sich wieder gesammelt hat, merke ich, daß er darauf brennt, mir eine Frage zu stellen, und nicht den Mut dazu findet. Da helfe ich ihm etwas, und schließlich faßt er sich ein Herz: »Man sagt, Ihr Bruder sei ein berühmter Dichter gewesen, er sei vor zwanzig Jahren in Paris an großen literarischen Wagnissen beteiligt gewesen. Uns, die wir ihn nur als Kaufmann kennengelernt haben und die wir selbst nur bescheidene Kaufleute sind, fällt es schwer, uns das vorzustellen. Können Sie mir bestätigen, daß das tatsächlich der Wahrheit entspricht? Denn uns hat er nie etwas davon gesagt, und wir haben es nur durch Bekannte erfahren, die in Frankreich geblieben sind und in Kreisen verkehren, wo sein Name anscheinend von Geheimnissen und Lobeshymnen umgeben ist.«

Als gäbe ein Damm nach, als öffnete sich eine Schleuse und allzu lange zurückgehaltene Fluten brächen hervor: Ich spreche von dem Dichter Arthur Rimbaud; von dem, der sich in den guten Geruch des Kornspeichers flüchtete oder im Wald von Amour herumwanderte, um dort die Gedichte eines Mannes namens Verlaine zu lesen und sich an seine eigenen zu machen; von dem, der mit großen Schritten, Verse deklamierend, durchs spottlustige Quartier de Montparnasse zog; von dem, der in dem stumpfsinnigen Zustand, in den ihn der Absinth versetzte, eine neue Sprache erfand, der neue Welten entdeckte, indem er sich dem Rausch oder Umarmungen hingab; von dem, der in London in schlechter Gesellschaft lebte und dabei das hervorbrachte, was er seine *painted plates*, seine kolorierten Stiche nannte, seine *Illuminations*; von dem, der ein flammendes Gebäude errichtete; von dem schließlich, der in jämmerlichem Zustand nach Roche zurückkehrte und dort, ehe er seine Feder für immer im Tintenfaß ließ, unter Wutanfällen und Tränen sein schwarzes Buch schrieb, ein Buch gegen Gott, das Buch eines Verdammten. Es ist derselbe, der heute auf einem Bett im Hospital in Marseille liegt. Der, den Augustin Bernard kannte, war ein anderer. Es ist völlig normal, daß er ihn nicht wiedererkannt hat.

Donnerstag, 15. Oktober
Ich finde keinen Schlaf mehr. Ich werde vom Bild dieses Sterbenden verfolgt. Ich weiß, daß ich Jahre brauchen werde, um mich von diesem Bild zu befreien, wenn ich mich jemals davon befreien werde.

Beim Aufstehen habe ich Fieber. Ich befeuchte mein Gesicht mit frischem Wasser und richte meine Haare, damit er meinen Zustand nicht bemerkt. Aber es ist verlorene Mühe, denn er liegt stundenlang da, ohne die Augen zu öffnen. Er bemerkt mich nicht. Meine Leichenblässe beunruhigt ihn nicht: Er sieht sie nicht.

Zu wissen, daß ich da bin, an seiner Seite, genügt, um ihn zu beruhigen. Sobald ich mich entferne, um mich etwas zu bewegen, selbst wenn ich dabei kein Geräusch gemacht habe, ruft er nach mir. Ich höre sein Röcheln, ich eile sofort zurück.

Samstag, 17. Oktober
Wenn ich mich morgens aus dem Haus schleiche, um ins Hospital zu gehen, begegne ich manchmal in meiner Straße einem Mann, der – ich muß es zugeben – nach meinem Geschmack ist. Er trägt einen schmalen Schnurrbart und Seidenhandschuhe. Seine Eleganz und seine Zurückhaltung gefallen mir. Als ich heute früh an ihm vorbeiging, verlangsamte er seine Schritte, lüftete den Hut und lächelte mir höflich zu, als habe er sich an meine Anwesenheit in der Dämmerung des beginnenden Tages gewöhnt. Ich gebe ihm seinen Gruß hastig zurück und gehe weiter, denn anständigen Frauen ist es nicht gestattet, Männern, die ihnen nicht förmlich vorgestellt worden sind, ihre Zeit zu widmen. Indessen ist die Erinnerung an dieses Lächeln noch immer nicht geschwunden, als ich die Silhouette des Hospitals vor mir sehe. Und in Gedanken an diesen Mann vom frühen Morgen sage ich mir: Warum eigentlich nicht? Er steht wenigstens auf der Seite des Lebens.

Dienstag, 20. Oktober
Heute ist Arthurs Geburtstag. Er wird siebenunddreißig. Er sagt nur: »Wir haben nicht damit gerechnet, so weit zu kommen, nicht wahr? Aber was hat es schon gebracht? Das Ende ist jetzt so nah. Es nützt nichts, weitere Tage herauszuschinden. Dieser Kampf ist vergeblich und pathetisch. Man muß gehen können.« Als mir Tränen über die Wangen

rinnen, ermahnt er mich: »Weine doch nicht, Isabelle. Der Tod ist keine so schwierige Angelegenheit, wenn man sein Leben wirklich gelebt hat.«

Was war die Antriebskraft dieses Lebens? Ich wäre in großer Verlegenheit, wenn ich es sagen müßte. Er hat sich von Anfang an entschieden, seinem Instinkt zu folgen und nur dem Zufall, der Lust des Augenblicks, sich selbst zu gehorchen, ohne sich darum zu kümmern, seinem Schicksal einen Sinn zu geben. Er hat die gut gebahnten Straßen gemieden, er hat die Seitenwege eingeschlagen, je nachdem, wohin ihn seine Begierden oder sein Zorn führten. Wenn er etwas gesucht hat, so hat er dem Gegenstand seiner Suche zweifellos keinen Namen zu geben vermocht. In Wirklichkeit wollte er nur die Sonne. Er geht, um sie wiederzusehen.

Was wird von ihm bleiben? Wird es das Bild sein, das ich von ihm gezeichnet habe, das ihn auf seinem Sterbelager zeigt, mit kahlgeschorenem Schädel, schwarzumränderten Augen, seiner ganzen Qual, trotz einer Art schmerzlicher Resignation? Oder das Photo des wunderbaren, unverschämten, strahlenden jungen Mannes von siebzehn Jahren, dem alle Siege offenstehen? Ich werde es zu gegebener Zeit entscheiden.

Donnerstag, 22. Oktober
Natürlich bin ich diejenige, an der er seinen Zorn ausläßt. Ich bin da, ich stehe stumm zur Verfügung: Er kann seiner Wut ohne Gefahr freien Lauf lassen. Heute morgen während einer Krise, die heftiger ist als sonst, wirft er mir eine Flut von Beleidigungen an den Kopf und ergreift schließ-

lich eine Vase, in die ich ein paar Blumen gestellt habe, um sie in meine Richtung zu schleudern. Ich habe kaum Zeit, dem Geschoß auszuweichen. Das Porzellan zerschellt an der Wand, genau hinter mir. Als ich mich wieder aufrichte, sehe ich, daran besteht nicht der geringste Zweifel, eine unergründliche Grausamkeit in seinem Blick. Da kommen mir seine Zornausbrüche als Jugendlicher, die Erregung des Entgleisten und das Wüten des Außenseiters in Erinnerung. Es ist derselbe drohende Blick, dieselbe grundlose Bosheit. Die Krankheit allein kann diese Wut nicht erklären, die von weither kommt. Zwischen meinen Zähnen, durch meine versiegelten Lippen hindurch entweicht mir der dumpfe Schrei: »Soll er doch endlich verrecken!«

Unmittelbar darauf Gewissensbisse.

Freitag, 23. Oktober

Der Mann vom frühen Morgen hat sich ein Herz gefaßt. Er hat mich angesprochen, während ich mit gesenktem Kopf meine Schritte beschleunigte, als er auf mich zukam: Ich hatte ihn schon von weitem sofort erkannt in seinem Gehrock. Er hat mich gezwungen, zu ihm aufzuschauen, indem er einfach »Guten Tag, Mademoiselle« zu mir sagte. Ich habe die Blässe seiner Wangen gesehen, die durch die Kälte leicht gerötet waren, die Feinheit seiner Züge, die man bei Frauen findet, die keine Anstrengung kennen, die Klarheit seiner Augen, die sich bemühten, Wohlwollen zu zeigen. Ich habe das auf einen Blick gesehen, trotz meiner Verwirrung und obwohl ich ihn nicht eingehender betrachtet habe. Ohne im Gehen innezuhalten, habe ich »Guten Tag, Monsieur« geantwortet. Gleich danach dachte ich: Ich hätte stehenbleiben sollen, ihn vielleicht ansprechen, den Mut dazu aufbringen sollen. Ein entsetzliches und schmerzliches Gefühl des Bedauerns bemächtigt sich meiner. Zum erstenmal. Diesen Abend finde ich keinen Schlaf. Das Blut pocht in meinen Schläfen, mein Magen zieht sich zusammen, meine Lenden verkrampfen sich, ich schließe meine Hände über der Stelle meines Körpers, an die nie jemand gelangt ist.

Und dann erinnere ich mich an Arthur. Und es geht vorüber.

Samstag, 24. Oktober
Ich lasse einen Krankenhausgeistlichen an das Bett meines Bruders kommen. Ich hätte so gern, daß seine letzten Tage durch einen Schimmer des göttlichen Lichts erhellt werden. Ich hätte so gern, daß er endlich seinen unerträglichen Blasphemien, seinen entsetzlichen Anklagen gegen den Allmächtigen abschwört. Ich hätte so gern, daß er nicht mit Ironie und Spott im Herzen diese Welt verläßt. Ich erwarte nichts von ihm außer einer inneren Ruhe in dem Augenblick, wenn er die Grenze überschreitet. Ich verlasse mich auf die Güte von Pater Chaulier und hoffe, daß dieser ihn ein wenig besänftigt und beruhigt. Der Geistliche verläßt das Zimmer des Sterbenden indessen entmutigt. Arthur ist ausschließlich mit seinem Leiden beschäftigt. Die friedliche und ruhige Stimme eines Mannes Gottes kann nicht an sein Ohr dringen. Er verliert sich in Klagen und Anklagen. Nichts wird ihn beschwichtigen.

Als ich zu ihm zurückkehre, nachdem ich seinen Besucher hinausbegleitet habe, nehme ich seine Hand und streichle sie lange. Er öffnet die Augen und sagt: »Du wärest glücklich, wenn ich mich mit deinem Alten versöhnen würde, nicht wahr? Es würde dir gefallen, wenn ich aufhörte, diesen genialen Schwindel zu bekämpfen, oder nicht?« Und schon fällt sein Kopf zurück und rollt auf das Kopfkissen.

Heute abend im Vespergottesdienst werde ich die Nonnen bitten, für das Heil seiner Seele zu beten. Wenn es sein muß, werde ich Arthur gegen seinen Willen retten.

Sonntag, 25. Oktober
Ich muß unbedingt schriftlich festhalten, was heute morgen geschehen ist, es ist eine Art Wunder, eine Absage an den Fluch, etwas Außergewöhnliches. Arthur hat sich bekehrt. Ja, es ist genauso, wie ich es niederschreibe: Er hat sich bekehrt!

Pater Chaulier ist vorhin wiedergekommen. Er hatte sein gütiges Gesicht, seine heitere und erschöpfte Art und seine Ungezwungenheit. Er hat eindringlich und salbungsvoll mit mir gesprochen. Er hat mit dem Kopf genickt, während ich mich an ihn wandte, wie um mir zu zeigen, daß er meine Hoffnung gut versteht. Er sagte zu mir: »Habe Vertrauen, meine Tochter. Selbst die Menschen, die sich am weitesten von unserem Herrn entfernt haben, hören am Ende seine Stimme, wenn der Tod naht.« Und er ist im Zimmer verschwunden.

Als er es eine Stunde später wieder verließ, verkündete er mir *das größte Glück, das mir auf dieser Welt wiederfahren konnte*. Mein Bruder hatte sich gerade zum Glauben bekannt! Da hob ich meine Augen zum Himmel auf und gab meiner Dankbarkeit Ausdruck.

Der Geistliche hat noch hinzugefügt: »Ich gebe zu, es ist eine spektakuläre Bekehrung. Aber manchmal muß man das Glück zwingen, damit das eintritt, was man am glühendsten eintreten sehen möchte.« Und er ist humpelnd gegangen.

Ich bin im Flur zurückgeblieben, mit hängenden Armen, schweigend, selig vor Glück.

Ich habe gedacht: Jetzt kann er sterben. Alles ist gut.

Mittwoch, 28. Oktober
Ich schreibe an unsere Mutter, um sie an dem Augenblick des Gnadenbeweises, den wir am vergangenen Sonntag erlebten, teilhaben zu lassen. Um ihr mitzuteilen, daß ihre Anstrengungen nicht vergebens waren und daß sich ihr Sohn schließlich wieder den Lehren angeschlossen hat, die sie ihm in seiner Jugend einimpfte. Um ihr zu sagen, daß die Liebe Gottes uns alle nach so vielen Jahren der Trennung, der Entfremdung, der Mißverständnisse, der Erpressungen endlich wieder vereint.

Ich nutze die Gelegenheit und bitte sie, damit aufzuhören, uns mit kleinlichen Geldproblemen zu behelligen und von mir wissen zu wollen, wie viel Arthur noch besitzt und was er von den Geschäften, die er in Afrika machte, noch zu erwarten hat. Jetzt, wo er den endgültigen Schritt zur Rekonziliation getan hat, lohnt es sich nicht mehr, uns mit ihrer Habgier und ihrem Geiz zu belästigen. Die wenigen Besitztümer meines Bruders werden an die gehen, die er mir bezeichnen wird. Ich werde seinen letzten Willen buchstabengetreu erfüllen. Kein Einwand unserer Mutter wird mich daran hindern. Von nun an habe ich das Steuer in der Hand.

Sonntag, 1. November
Heute ist Allerheiligen. Mutter ist heute bestimmt ganz früh, in der ersten Morgendämmerung, auf den Friedhof gegangen, um Chrysanthemen auf das Grab ihrer Tochter Vitalie zu legen. Bald wird sie ein anderes Grab mit Blumen schmücken müssen. Was soll man von dieser Mutter denken, die alle ihre Kinder, eines nach dem anderen, verliert? Heute schwöre ich voller Wut, daß ich ihr erhalten bleibe.

Donnerstag, 5. November
Sie wird sich nicht dazu verstehen, ihre Ardennen zu verlassen. Trotz meiner alarmierenden Briefe, trotz des unmittelbar bevorstehenden Verlustes wird sie dort oben bleiben, eingesperrt in ihr schwarzes Land mit den abgeholzten Wäldern und kahlen Bäumen, mit den welligen Schieferdächern und den geschlossenen Fensterläden; sie wird auf ihrem Hof bleiben, damit beschäftigt, ihre Arbeit zu verrichten, nach ihren Dienstboten zu rufen, sich zu beklagen, daß nichts vorangeht; sie wird in ihrer Küche bleiben, in der sich niemand mehr zeigt, seit wir gegangen sind, wird in ihrem Schaukelstuhl sitzen und mit leeren Augen, die nur vom Widerschein einer Kerze leuchten, einen Wollknäuel aufwickeln; alleine. Sie wird nicht nach Marseille reisen, die Fahrt ist zu lang, zu ermüdend, zu teuer; es ist zu spät. Sie

wird ihren Sohn nicht in seinem Sterbegewand sehen. Auf diese Weise wird sie keine schlechten Erinnerungen mit sich herumtragen. Aber vielleicht Gewissensbisse? Ja, Mutter, wie wirst du mit den Gewissensbissen zurechtkommen, falls du welche haben solltest?

Freitag, 6. November
Arthur äußert immer häufiger unverständliche Worte. Er zeigt Anfälle von Verwirrung, die mich befürchten lassen, er könne wahnsinnig geworden sein. Und dann, ganz plötzlich, ohne daß es voraussehbar wäre, ist er in der Lage, sich völlig vernünftig zu unterhalten. Ich tue, als bemerkte ich nichts. Ich warte. Ich mache nichts anderes als warten.

Samstag, 7. November
Er nennt mich manchmal Djami, aber ich weiß, daß er das mit Absicht tut und daß es in seinen Traum absichtlich so eingeht; im übrigen bringt er alles durcheinander und ... mit Kunst: wir sind in Harar; wir brechen immer nach Aden auf; Kamele müssen aufgetrieben, die Karawane organisiert werden; er geht ganz leicht mit seinem künstlichen, mit Gelenken versehenen Bein; wir machen einige Spazierritte auf schönen, reich ausstaffierten Mauleseln; dann gibt es Arbeit, die Bücher führen, Briefe schreiben. Schnell, schnell, man erwartet uns, laß uns die Koffer schließen und aufbrechen. Warum hat man ihn so lange schlafen lassen, warum helfe ich ihm nicht, sich anzukleiden? Was wird man sagen, wenn wir heute nicht ankommen? Man wird seinem Wort keinen Glauben mehr schenken, man wird ihm nicht mehr vertrauen! Und er beginnt zu weinen und beklagt mein Ungeschick und meine Nachlässigkeit: denn ich begleite ihn immer und mir obliegt es, die Vorbereitungen zu treffen.

Was das Essen angeht, so nimmt er fast nichts mehr zu sich, und wenn er etwas ißt, dann nur mit größtem Widerwillen; er ist daher zum Skelett abgemagert und blaß wie ein Leichnam; und alle diese gelähmten, verkrüppelten, abgestorbenen Gliedmaßen um ihn herum! O Gott! Was für ein Jammer!

Sonntag, 8. November
Ein Traum – sein schönes Haupt ruht auf frischen Laken, die Augen unter den angeschwollenen Lidern sind geschlossen. Er ist endlich eingeschlafen. Sein Atem geht gleichmäßig. Sein gemarterter Körper liegt ausgestreckt unter einer Wolldecke, den Blicken verborgen. Plötzlich sieht er nicht mehr wie ein Todkranker aus, sondern einfach wie ein Mann, der schläft. Ich nähere mich ihm langsam. In meinen Händen halte ich ein Kopfkissen, das ich vorsichtig auf sein Gesicht drücke. Als er sich zu wehren beginnt, drücke ich fester zu, drücke mit allen meinen Kräften. Sein Körper verkrampft sich, wird geschüttelt und fällt schließlich zurück. Seine Arme, mit denen er um sich schlug, ragen steif und starr wie abgestorbene Äste in die Luft. Das Herz unter seiner abgemagerten Brust schlägt wie wild, wird langsamer und hört schließlich ganz auf. Ich ziehe das Kopfkissen zurück. Seine Haut ist unter meinen Anstrengungen rot geworden, aber sie nimmt rasch eine graue Farbe an. Ich betrachte die merkwürdige Ruhe meines Bruders. Man könnte glauben, er habe endlich Frieden gefunden.

Montag, 9. November
Er bittet mich, mir auf der Stelle ein Blatt Papier und Tinte zu besorgen, er will mir unbedingt einen Brief an den Direktor der Schiffahrtslinie diktieren. Ich erhebe keinen

Einwand gegen diesen Wunsch, diese letzte Laune. Seine Gedanken sind verwirrt, seine Worte sprudeln hervor, ohne daß er sie wirklich kontrolliert, aber seine Stimme ist klar. Es ist plötzlich die Stimme eines jungen Mannes, die Stimme dessen, der weder vor Eroberungen noch vor dem Exil zurückschreckte.

Während ich mich noch bemühe, seine unzusammenhängenden Worte festzuhalten, befiehlt er mir, keine Notizen mehr zu machen und ihm zuzuhören. Er erzählt mir, daß er im Orient herumvagabundiert ist, daß er dort mitten in eine kosmopolitische Gesellschaft geriet, daß er durch staubige Gassen ging, in denen sich Araber, Griechen, Syrer und Neger begegneten, alles kleine Schwarzhändler, daß er durch schmutzige und übel beleumundete Bars zog, in denen sich der Geruch von Schweiß mit dem Duft von Blumen mischte. Er war ein Reisender des Zufalls, dessen Schritte ermüdeten, der endlich in seiner Ruhelosigkeit den Schlaf an der Küste fand, wo das zurückflutende Meer manchmal Strandgut anschwemmt. Aber er ist weitergezogen, immer ist er weitergezogen. Dann ist er an der Südküste Zyperns gelandet. In einem Steinbruch in Larnaka, mitten in der Wüste, ist er hängengeblieben, er hat einer entsetzlichen Hitze getrotzt, hat jeden Moment gekämpft, um durchzuhalten, weiter durchzuhalten, nicht umzufallen, nicht unterzugehen. Dort, in dieser aufreibenden Stadt, hat er einen Brief von unserer Mutter bekommen, die ihm den Tod unseres Vaters mitteilte. Da betrachtete er lange sein Abbild im Spiegel, er starrte seinen Blick, den Blick des Vaters an. Er sah nur noch die Augen des Vaters, die doch die seinen waren, da vor ihm, in einem zersprungenen Spiegel.

Plötzlich packt er mich am Arm und sagt: »Isabelle, verstehst du die Geschichte, die ich dir erzähle?« Ich antworte ihm nichts. Er erwartet keine Antwort.

Zum Schluß bittet er mich noch einmal, sein Diktat aufzunehmen, und er beschließt seine Nachricht mit den Worten: »Lassen Sie mich wissen, um wieviel Uhr ich an Bord gebracht werden soll.«

Dienstag, 10. November
Auf der Liste der Todesfälle im Hôpital de la Conception macht die Krankenschwester mit einer schönen, regelmäßigen und geübten Handschrift den Eintrag: »Rimbaud (Jean-Nicolas), siebenunddreißig Jahre, Kaufmann, geboren in Charleville, auf Durchreise in Marseille, gestorben am 10. November 1891, um zehn Uhr morgens. Diagnose: Krebs in fortgeschrittenem Stadium.«

Endlich Frieden.

Wie in einer Pendelbewegung gehen meine Gedanken zu dem Mann vom frühen Morgen, den ich nicht wiedersehen werde, weil ich die Stadt nun schon bald verlasse. Ich denke an die Sanftheit, die er ausstrahlte. Er war vielleicht das Leben, und mein Schicksal ist es, einen Leichnam zu bewachen.

Mittwoch, 11. November
Aussegnung des Toten. Der Himmel scheint grau durch die Fenster.

In der Kapelle ist es ein wenig kühl. Pater Chaulier will mich trösten. Er flüstert mir kaum hörbar zu, die Leiden Arthurs seien nun vorbei. Er versichert mir, seine Seele sei gerettet. Er sagt mir, nun beginne die Trauerzeit.

Ich höre ihn, ohne ihm wirklich zuzuhören. Ich fühle mich beraubt, um etwas gebracht, reduziert. Ich bin noch nicht an diese Entblößung gewöhnt.

Ich habe einen Lebenden in den Tod begleitet. Von nun an wird der Tote mich auf dem Weg, der noch vor mir liegt, begleiten.

Donnerstag, 12. November
Die Präfektur hat die Genehmigung zur Überführung des Leichnams in die Ardennen erteilt. Zum letztenmal kehrt Arthur nach Charleville zurück. Ich komme mit ihm.

Freitag, 13. November
Ich rufe mir unsere letzte Zugfahrt ins Gedächtnis. Da machten wir die Reise in entgegengesetzter Richtung. Heute geht es in Richtung Osten zurück. Arthur liegt in seinem Sarg in einem anderen Waggon. Er stöhnt nicht mehr neben mir. Er wird nicht mehr durch sein krankes Bein behindert.

Mir gegenüber scherzt ein junges Paar miteinander, küßt sich. Die beiden wissen nichts von meiner Qual.

Ich schaue durchs Fenster: auf die Flüsse und Straßen Frankreichs fällt Regen. In den Hinterhöfen sind keine spielenden Kinder mehr zu sehen. Manchmal bemerke ich gebeugte Gestalten, die gegen den Wind ankämpfen.

Mein Mantel ist warm, und trotzdem friere ich innerlich, als ob die Feuchtigkeit von draußen in mich eindränge. Ich zittere ein wenig.

Ich versuche zu schlafen, aber vergeblich. Schließlich versetzt mich das gleichmäßige Geräusch des rollenden Zugs in eine Art Halbschlaf.

In Paris muß noch die Überführung von der Gare de Lyon zur Gare de Strasbourg organisiert werden. Es ist schon wie ein Leichenzug, aber ohne Prunk und Orgelklang.

Erst nach dreiundzwanzig Uhr fahren wir in Richtung Charleville weiter. Unser Zug wird seinen Bestimmungsort morgen früh um acht Uhr erreichen.

Arthur wird bald zu Hause sein. Diesmal holt ihn seine Mutter ab.

Samstag, 14. November
Ohne große Umstände zu machen und ohne Rücksicht zu nehmen, verkündet sie mir gleich, als ich aus dem Zug steige: Nur sie und ich würden anwesend sein. Da ich davor zurückscheue, ihre Worte richtig zu verstehen, bitte ich sie, sie zu wiederholen: »Ja, ich sage es dir doch: Nur du und ich werden anwesend sein.« Sie hat niemanden von Arthurs Tod benachrichtigt. Sie hat keine Todesanzeige aufgesetzt. Sie hat sein Hinscheiden nicht in der Zeitung bekanntgegeben. Sie hat es nicht einmal für nötig gehalten, Frédéric, seinen Bruder, meinen Bruder, unseren Bruder zu benachrichtigen. Sie hat verhindert, daß man seine alten Freunde einlädt. Sie hat Leere um ihn geschaffen. Ich verdanke es gewiß nur meiner ständigen Anwesenheit bei dem Sterbenden, daß ich dieser allgemeinen Verbannung entgangen bin. Ich entschließe mich, nicht gegen ihren Willen anzukämpfen. Ich bin zu schwach. Wie ausgelöscht. Seit vierundzwanzig Stunden begleite ich meinen Toten.

Hat sie beschlossen, ihn am Ende für sich allein zu behalten? Ihr Leid mit niemandem zu teilen? Oder vielleicht, ihren Sieg zu vollenden? Oder vielleicht auch, diesen Sohn, der ihr so große Schande bereitet hat, ein letztes Mal ins Abseits zu drängen? Was auch immer die Wahrheit sein mag, ich bin starr vor Entsetzen.

Die Stimme von Pater Gillet hallt in der leeren Kirche. Sie prallt gegen die Wände und Fenster. Sie irrt wie ein kalter Nordwind durch das Kirchenschiff. Sie ist das Maß unserer Einsamkeit. Die Feier ist von einer Nüchternheit, die frösteln macht. Sie endet mit den herzzerreißenden Akkorden des *Dies irae*.

Dann gehen wir schweigend die Avenue de Flandre hinauf, in Richtung Friedhof. Die Passanten bleiben beim Vorbeiziehen dieser seltsamen Prozession verblüfft stehen. Verstohlen werfen sie uns empörte Blicke zu. Wir setzen unseren Weg unter ihrer stummen Mißbilligung fort. Der Sarg auf dem Fuhrwerk wird durchgerüttelt. Ein erschütternder Epilog.

Mutter hat einen Platz in der Familiengruft herrichten lassen. Arthur wird dort Vitalie und seinen Großvater wiedertreffen. Ich denke, daß er trotz aller Liebe, die er seiner Schwester entgegenbrachte, einen anderen Ort als letzte Ruhestätte gewollt hätte. Er hätte es abgelehnt, in dieser öden Heidelandschaft beerdigt zu werden, wo er geboren wurde, denn er hat sein ganzes Leben nichts anderes getan, als von dort zu fliehen. Er hat sich bemüht, alle Bande zu zerreißen und in absoluter Verlassenheit zu existieren.

Er hätte sich zu seinem Ende Sonne gewünscht. Aber über seinen Holzsarg rollen Regentropfen, während vier Männer ihn in das Loch hinablassen, das sie ausgehoben haben. Gleich, wenn wir gegangen sind, wird man ihn unter dieser Erde begraben, die er nicht liebte. Ich zweifle daran, daß er in Frieden ruht.

Dankesworte

Ich bezeige Jean-Jacques Lefrère meine Dankbarkeit und meinen Respekt für die gründlichen Forschungen, die er angestellt, und für die beachtliche Arbeit, die er vollbracht hat, um uns seinen *Arthur Rimbaud* (Fayard, 2001) vorzulegen. Ich halte dieses Buch für ein grundlegendes Werk; es hat mir die nötigen Informationen geliefert und diente mir zur Anregung.